W0327087

NOUS ÉTIONS FAITS POUR ÊTRE HEUREUX

VÉRONIQUE OLMI

NOUS ÉTIONS FAITS POUR ÊTRE HEUREUX

roman

ALBIN MICHEL

IL A ÉTÉ TIRÉ DE CET OUVRAGE

Vingt exemplaires
sur vélin bouffant des papeteries Salzer
dont dix exemplaires numérotés de 1 *à* 10
et dix exemplaires, hors commerce, numérotés de I *à* X

© Éditions Albin Michel, 2012

Aux fils

« Nous étions faits pour être libres
Nous étions faits pour être heureux. »

Louis ARAGON

« Toute la science du monde ne vaut pas les larmes des enfants. Je ne parle pas des souffrances des adultes, ils ont mangé le fruit défendu, que le diable les emporte ! Mais les enfants ! »

Fedor DOSTOÏEVSKI

18 OCTOBRE 2012

Il est là, en face de moi, place des Abbesses. Il ne me voit pas. Le col de son manteau est relevé, il a mis ses gants de cuir brun, son écharpe Hermès. Les lumières du manège lancent des éclairs crus et colorés sur son visage, marquent ses cernes, et les rides à son front. Il lève parfois la main pour répondre au « coucou » de Chloé, assise sur un cheval de bois.

Il lui sourit, mais le manège a tourné, Chloé ne le voit pas, et son sourire devient nu, presque misérable sous les lumières flottantes.

Il va s'asseoir sur un banc de la place. Allume une cigarette. Il écarte les jambes, laisse ses bras tomber entre ses genoux, regarde quelque chose à ses pieds.

Ou ne regarde pas.

Le manège tourne toujours. Les enfants crient de joie et la brume flotte devant leur bouche, le vent soulève leurs cheveux, je pense à deux choses : ces enfants pourraient avoir une otite. Et aussi : je pourrais m'approcher de l'homme assis sur le banc et partir avec lui.

Encore une fois.

Mais le manège s'arrête, le tour est terminé.

L'homme écrase sa cigarette, quitte le banc pour aider sa fille à descendre du cheval de bois. Il lève la tête et me voit. Se fige. Son enfant à bout de bras. Son regard s'agrandit, l'air lui manque. Chloé s'agrippe à lui, lui tord le cou, tire sur ses épaules, son écharpe.

Je fais un signe de la main. Avant de m'en aller.

20 SEPTEMBRE 2011

La première fois. Bien sûr il faut raconter la première fois, même si on ne le sait pas. Ce jour-là, je ne savais pas que j'avais rencontré Serge, que cela s'était mis en marche. C'est après que cela se comprend, après que l'on se demande si l'autre nous avait vu, s'il avait senti quelque chose, on ne sait quoi, quelque chose de différent, comme quand on trébuche et que le sol nous apparaît dans une autre perspective.

Ce que je savais ce matin-là, c'est qu'il faisait beau. Le ciel donnait envie de courir. J'ai aimé remonter la rue Lepic dans cette lumière fraîche d'automne, le jaune pâle sur les murs, la couleur des raisins aux étals. Il était presque 10 heures, je grimpais vers la rue de l'Abreuvoir, en jean et baskets, ainsi que je m'habille toujours pour travailler, ma mallette à la main.

Arrivée à la porte en bois du numéro 8, j'ai sonné à l'interphone, « C'est Suzanne, l'accordeuse », Lucie a répondu de sa voix aiguë et polie, et elle a ouvert. Peut-être n'aurait-elle pas dû. J'ai poussé la porte et me suis heurtée à un type dont l'après-rasage sentait fort, mais allait bien avec le costume trois pièces, l'air pressé et contrarié. Il m'a regardée des pieds à la tête en un éclair, ma tenue de plombier, m'a envoyé un sourire contraint d'homme poli et en retard, s'est écarté pour me laisser passer.

Sa femme m'attendait sur le perron.

C'était un piano neuf, et j'étais là pour la première fois. Lucie était soulagée que je l'accorde comme si je venais délivrer quelqu'un d'une fièvre violente qui l'aurait empêché de vivre tout à fait. Je l'ai félicitée sur le choix du piano, un Bösendorfer demi-queue qui n'avait jamais joué et ne donnerait jamais sa pleine mesure : Lucie voulait que son fils de huit ans apprenne à jouer, elle affirmait cela distraitement, une activité passagère et néanmoins esthétique. Le Bösendorfer ressemblait à un géant bâillonné. J'ai expliqué à Lucie qu'il serait long à stabiliser, que je reviendrais encore, au moins deux fois, elle m'a souri avec la satisfaction de celle qui apprécie le soin porté aux choses chères et précieuses. Elle aimait le travail bien fait, surtout celui des autres, elle-même apparemment ne faisait rien d'autre qu'admirer ce travail et en prendre soin. Elle m'a demandé si cela m'ennuyait qu'elle me regarde accorder, elle ne me dérangerait en rien, et est-ce que je voulais du thé, je lui ai dit non. Elle ne me dérangeait pas et je ne voulais rien boire. Je ne savais pas comment le piano allait réagir quand je donnerais mon premier tour de clef, je voulais l'approcher sans le heurter, et une fois que je l'ai eu démonté, j'ai ressenti un léger trac. J'ai entendu comme il sonnait, un peu métallique et distant, il retenait sa puissance.

Lucie est restée à mes côtés. Elle a écouté l'accordage sans montrer un seul signe de lassitude, elle avait une présence si forte que je me suis demandé dans quelle zone de son esprit elle trouvait la ressource pour se montrer si effacée, se retenait elle-même avec tant d'infaillibilité, alors que de toute évidence elle était une jeune pouliche robuste et prête à en découdre.

Et ce jour-là, déjà, j'avais rencontré Serge. C'est étrange comme il suffit d'un rien pour qu'une vie se désaccorde, elle aussi, que notre existence, tellement unique, si précieuse, perde son harmonie et sa valeur. Comme si elle était faite d'air, et rien que de cela. Vivait dans cette maison un homme dont je ne connaissais rien, à part la femme et le piano, un homme dont l'après-rasage était trop sucré, le costume bien trop sombre, et avant de nous rencontrer nous ne le savions pas, mais tous deux n'avions fait que marcher sur de minuscules planches de bois posées au-dessus de la boue.

Je suis sur le canapé du salon avec Antoine, mon mari. Nous nous sommes raconté notre journée, brièvement, l'essentiel pensons-nous, après le Conservatoire j'ai fait trois accordages, celui de la rue de l'Abreuvoir puis deux autres seulement l'après-midi, je suis rentrée tôt, j'ai fait les courses et préparé des papillotes de saumon en buvant un bon verre de vin, c'est simple. Et j'aime ça. La journée accomplie. Et juste

La lumière avait décliné jusqu'à 19 h 30, j'avais profité de ce sursis avant la tristesse des jours qui bientôt se termineront en fin d'après-midi, avec le froid et les préparatifs communs des fêtes de fin d'année, dans une angoisse que la foule ne diminue pas, mais amplifie.

La routine peut être un refuge. Assise sur le canapé du salon avec Antoine, je ne pense à rien, je suis bien. Nous mangeons le saumon devant le match de foot. Antoine déteste le foot. Moi aussi. Il va se coucher avant moi. Quand je le rejoins je m'empresse de lui raconter le match, pour pouvoir l'oublier très vite. Il répète doucement après moi, avec un sérieux accablé :

– Très beau but de Benzema, suivi d'un but de Malouda.

– Très beau but de Benzema, suivi d'un but de Malouda.

– Ce qui compte pour la qualification de… ? Fais un effort Antoine…

– La Coupe du Monde.

– Bien sûr que non ! L'Euro 2012 !

– L'Euro 2012… L'Euro 2012… Oh la barbe !

Antoine travaille dans un garage, à La Garenne-Colombes. Son manque de passion pour le ballon est un véritable handicap, ses collègues pensent qu'il les snobe, qu'il n'aime rien partager avec eux, ni les cigarettes de la pause cigarette, ni les commentaires de match de la pause cigarette. Antoine ne fume pas mais fait la pause avec eux, et ment, par souci d'intégration.

Serge aime être dans sa voiture. Elle est sûre, belle et chère. Elle sent bon, elle est à lui. Derrière les vitres teintées personne ne le voit, il voit tout le monde, n'est-ce pas la meilleure place, celle que nous souhaitons tous ? Il écoute Natalie Dessay chanter Mozart, il allume une cigarette blonde, personne ne l'emmerde, personne ne lui parle, ne le touche, ne lui demande son avis, il n'a aucun avis, ne prend aucune décision, son portable est éteint. Tout autour de lui il y a les balayeuses mécaniques qui propulsent sur les passants des crottes de chiens trempées, il y a les bus bondés, les chantiers des façades que l'on ravale, les ouvriers qui tremblent, accrochés aux marteaux-piqueurs, il y a ceux qui sortent du métro, du bistro, des immeubles, est-ce si important, se demande Serge, toutes ces journées que l'on remplit ? Il se sent engourdi, flottant dans une brume aigre, ce matin il s'est levé trop tard, il n'a pas couru, quelle culpabilité de ne pas avoir fait son jogging dans cette lumière de septembre, depuis quelque temps il a du mal à se lever tôt, et ce matin il est noué comme une vieille corde usée, il a envie d'être massé, que ça se lâche et se rende.

Il arrive à l'agence après les autres, c'est bien, il est le patron et n'aime pas ouvrir la boutique, le rideau de fer, la clef en bas de la porte, les stores baissés, les ordinateurs éteints, cette routine mi-bureaucrate mi-épicier l'angoisse, il a interdit les cartes postales dans la cuisine, les plantes en pot sur les consoles et les post-it sur les ordinateurs. Son agence immobilière, avenue Georges-Mandel, ne vend que des biens de luxe, et il aime qu'on s'y sente à l'abri de la vulgarité, de la fatigue et de l'à-peu-près, qu'on y entre comme on entre dans une bijouterie de la place Vendôme : une bulle ouatée où chacun se reconnaît à la seule façon de dire Bonjour, discrètement à l'aise, un demi-sourire d'aisance aux coins des lèvres. Ce matin, son premier geste quand il arrivera à l'agence sera de prendre rendez-vous avec son ostéopathe.

Le lendemain j'ai attendu Mathieu, j'ai horreur de ça et j'ai commencé par lui faire la leçon : comment un garçon de seize ans peut-il arriver en retard le premier jour de son stage ? J'étais en colère mais pas surprise : les stagiaires que je forme sont tous des adolescents et il est rare qu'ils arrivent à 7 heures chez moi autrement qu'avec l'air scandalisé du type qu'on a fait tomber du hamac. Je me sens vieille parfois à répéter toujours la même chose : « Un accordeur de piano, c'est comme un contrôleur aérien, c'est précis et ponctuel ! » Mathieu a ri et m'a dit que ça n'avait aucun rapport, il en voulait pour preuve que les contrôleurs aériens ont une très bonne vue, tandis que les accordeurs sont souvent aveugles. Je lui ai demandé s'il avait pris son petit déjeuner, il m'a répondu qu'il ne mangeait jamais le matin, ça le mettait en retard. Je lui ai ordonné de mettre sa casquette à l'endroit, est-ce qu'on ne lui avait pas appris ça à l'école, et on est partis au Conservatoire.

J'ai vu qu'il était différent des autres quand il m'a dit

qu'il était drôlement content qu'on y aille à pied. Je ne comprends pas qu'on roule en voiture dans Paris. Je ne comprends pas qu'on n'ait pas envie de respirer l'air du temps, prendre la mesure des choses et voir ce que la vie nous propose. Marcher dans Paris c'est franchir plusieurs frontières, un pont, un boulevard et tout change, le paysage et les habitants, même si partout les gens sont reliés par des pensées communes : Ça va s'arranger, Je vais y arriver, Il n'y a aucune raison que ça n'aboutisse pas. On est tous nés dans les mêmes conditions : on a passé une tête et on s'est préparé à courir. On a bu on a mangé on a forci dans ce seul but : foncer. Ce matin-là je regardais Mathieu et je me disais que finalement c'était peut-être lui qui avait raison : arriver en retard à un premier rendez-vous donne tout de suite le ton. Il marchait à côté de moi en souriant, je ne sais pourquoi, tout semblait le divertir et l'intéresser, il venait de l'école du Mans et peut-être découvrait-il Paris, ou bien il le retrouvait au contraire, avec cet orgueil que nous ressentons tous à l'habiter, ce sentiment que si cette ville est si belle c'est parce que nos vies y battent à son rythme. Mathieu était tellement grand et costaud que nous ne pouvions pas marcher de front, et parfois ses épaules heurtaient les passants qui râlaient, mais pas trop fort. Je n'ai pas d'enfants, je n'en aurai jamais. Depuis quelques années, les stagiaires que je forme au CAP d'accordeur pourraient être mes fils et je me dis que ce doit être étonnant : avoir un bébé, et se retrouver un jour à ne pas pouvoir marcher à deux sur un trottoir.

Quelques jours plus tôt, j'avais rencontré Serge. Sans le savoir, car nous rencontrons tant de monde, et s'il fallait retenir tous les hommes à qui l'on se heurte, les portes que l'on passe en croisant ceux qui entrent et ceux qui sortent, qui vivent dans le sens inverse, et pourquoi un seul, soudain, se détacherait-il lentement du flot, s'adresserait-il à vous et aurait-il réellement quelque chose de nouveau à vous dire ? N'a-t-on pas déjà tout entendu, la politesse convenue et puis l'avancée prudente, puis par cercles successifs se rapprocher de l'autre, son état civil et son intimité, et guetter, les moments où ça craque, les points de faiblesse et d'accord ? A-t-on envie de cela ? A-t-on assez d'appétit et d'espoir pour cela ?

« Ça dépend de ce que madame cherche, évidemment », dit Serge en souriant, un sourire complice adressé à madame, car il a tout de suite compris que c'était elle qui payerait et pas le jeune homme à ses côtés, qui n'a pas l'assurance de celui qui va tirer le chéquier de la poche intérieure de son costume Armani, le costume est peut-être Armani mais trop grand pour lui, madame a dû lui faire la surprise, vouloir le relooker et elle s'est mis le doigt dans l'œil, pas grave. Ce n'est juste pas la bonne taille. Madame soupire avec un petit air gêné, elle joue la petite fille, puisque c'est elle qui paye il faut bien qu'elle fasse une concession au jeune homme, lui fasse croire qu'elle est désarmée, elle a besoin de ses conseils, elle n'est peut-être pas la femme forte qu'il croit qu'elle est... Serge regarde l'heure, malgré lui, il a terriblement mal à la tête, il va le dire à son ostéo, cette peur que les migraines ophtalmiques ne reviennent et lui pourrissent la vie, n'importe quelle autre maladie vous comprenez, mais pas celle-là ! Je veux bien avoir mal à l'estomac, des hémorroïdes ou de l'arthrose cervicale, mais pas ces putains de migraines ophtalmiques, quand ça arrive comment voulez-vous que je conduise, que je lise, je n'y vois rien, rien d'autre que ces filaments qui tremblent, ces trouées de lumière, comme si j'avais regardé le soleil en face, exactement, et j'appréhende tout le temps que ça recommence, ça me prend n'importe où, un coup de poignard dans le dos, ma vie s'arrête, je ne peux rien faire que vomir puis me coucher dans le noir en tremblant comme un clebs qui sort de l'eau.

– C'est original je sais, mais je suis plus campagne que mer… j'adore jardiner, non mais c'est vrai j'adore ça, c'est ma passion !

Serge sourit douloureusement, et promet à madame qu'elle ne sera pas déçue, le jardin fait deux hectares, et monsieur sera content, la mer n'est qu'à vingt kilomètres, et il porte la main à son front, ses doigts tremblent, sa peau est moite, pourquoi n'a-t-il pas fait son jogging ce matin, pourquoi s'est-il levé si tard, et le jeune homme embrasse la main de madame, « merci maman, merci petite maman ». Serge se dit qu'il va avancer le rendez-vous avec l'ostéo, d'habitude il ne se trompe pas sur le profil de ses clients, il est au bord de la crise, il le sent à cette distance brumeuse qui s'installe entre lui et les autres, l'écho que font leurs voix, bientôt les taches de lumière vont apparaître c'est sûr. Il clique sur son ordinateur, prend rendez-vous pour une visite avec madame et son fils, « c'est vraiment la Bretagne vous verrez, l'intérieur de la Bretagne magnifique et tellement vivifiant » et il les raccompagne à la porte, évitant les reflets du soleil sur les vitres, les phares des motos quand il ouvre la porte, et le ciel si lumineux, il a le regard sur ses chaussures quand madame lui glisse à l'oreille « j'adore qu'il m'appelle maman ! » et puis elle a ce petit rire plein de rouge à lèvres et de postillons, Serge rit un peu, par solidarité, mais sa gorge est sèche et dans son crâne les marteaux-piqueurs ont commencé leur boulot.

Le soir, Serge va mieux. L'ostéopathe l'a pétri, malaxé, tordu pendant plus d'une heure comme une poupée molle, il s'est laissé faire en toute confiance, comme jamais. Il aime cette idée de l'abandon absolu. De la folie qu'il y a à laisser un étranger tordre votre corps comme bon lui semble, et n'opposer aucune résistance, ne pas oser une crainte, un mouvement de méfiance. Quand Serge sort du cabinet de l'ostéopathe, il est rempli d'une chaleur douce et enveloppé dans une couverture invisible qui le protège des autres, et c'est encore mieux que derrière les vitres teintées, car alors il peut même marcher à leurs côtés sans se sentir des leurs. L'ostéo recommande la marche après la séance, Serge obéit et se mêle à la foule, tellement étrange, cette chaleur lourde des corps mouvants, l'odeur de leurs peaux et de leur crasse, leur marche sans élégance, le portable à l'oreille, de pauvres mots qui ne disent rien, Je vais avoir un peu de retard, T'es où, Alors écoute tu vas pas le croire, Mais bordel je t'avais dit de pas me rappeler… Cela passera, cela passe déjà, des colères qui se diluent, des mots sans conviction et des messages qui s'effacent.

Il est 19 heures, le soir tombe avec le froid, Paris se grise et les statues semblent soudain si vieilles. L'obscurité brouille le temps et ce pourrait être Montmartre n'importe quand, les peintres maudits bientôt pleins aux as, la Seconde Guerre et les rafles dans les écoles, la Libération ou l'élection de Mitterrand, Serge n'aime pas cela, les cartes qui s'emmêlent. Qui lui rappellent combien il a dû les battre, encore et encore, pour que plus rien n'existe de son passé. Sans même y penser, dans un geste involontaire, il porte la main à son cœur, là où son portefeuille le protège, l'épaisseur des billets et des cartes Gold. Cette autonomie qui exclut le besoin d'un tiers, la seule chose dont il soit sûr c'est ça : les sommes affichées en face de son nom, les chiffres de l'indépendance absolue. Il s'arrête chez le fleuriste et compose un bouquet pour sa femme. Il donne l'adresse de livraison, il n'est pas homme à marcher un bouquet à la main, ce côté gendre qui va dîner chez sa belle-mère, amoureux timide ou Saint-Valentin sans moyens. Et puis Lucie adore ouvrir aux livreurs, on peut même dire que l'occupation principale, le hobby de Lucie, est d'ouvrir aux livreurs, les meubles, les tapis, les tableaux achetés à Drouot, Lucie a une coupelle remplie de monnaie, toute prête pour les pourboires. C'est une femme joyeuse.

Enthousiaste. Qui aime ouvrir la porte de sa maison dont elle a fait « une merveille quel talent » comme disent leurs amis. Et ce piano, dont elle veut que Théo, leur petit garçon, apprenne à jouer, c'est beau dans un salon, mais quand Serge rentre le petit cesse immédiatement ses gammes, il sait que son père ne le supporte pas, « il me file la migraine ! » dit Serge avant même que le gosse ait eu le temps de mettre le tabouret à sa hauteur. Il s'est laissé faire pourtant, il vient de payer une fortune ce demi-queue qui remplace le vieux piano droit que Lucie avait racheté à une voisine partie vivre sur la Côte d'Azur. Il ne peut rien refuser à Lucie, elle est belle et elle a trente ans de moins que lui, c'est finalement la seule dette qu'il ait en ce monde, cette sensation d'avoir à rendre toutes ces années qu'il lui vole, et tout ce qu'il lui tait, comme on tait l'essentiel de ses frayeurs à une enfant que l'on ne chérit que pour son innocence.

Quand il passe la porte de son jardin ce soir-là, il sent la fraîcheur des fleurs qui se sont refermées et mourront bientôt, l'odeur du tilleul qui perd ses feuilles et donne tant de travail au jardinier, et quand il fait un pas de côté pour éviter le chat noir qui se faufile entre ses jambes, Serge a le souvenir furtif de quelque chose. Ou de quelqu'un. Un mouvement. Une silhouette. Suzanne peut-être, le matin même… Mais il ne le sait pas. C'est un souvenir insaisissable, la sensation d'un rêve étrange et filant.

Chez lui toutes les lumières sont allumées. Des silhouettes en face à face font des ombres chinoises derrière les rideaux. Lucie a encore organisé une soirée. Serge dénoue sa cravate avant de franchir le seuil, et songe combien il est idiot de l'avoir remise après la séance d'ostéopathie.

Serge rit, il ne sait de quoi. Tout est si beau chez lui, un luxe évident, comme un don. Vraiment il peut être fier, il l'est d'ailleurs, il se le dit parfois, il se complimente à voix basse, il s'encourage… Puis finit par trouver tout cela un peu ridicule. C'est comme une pièce qu'on lance, pile ou face, comment savoir si sa vie est éblouissante ou misérable, comment sait-on que l'on a réussi et si cela en valait la peine ? Mais bon Dieu, il a deux petits enfants, si beaux, tellement innocents, Serge pose son verre et bouscule les invités, des hommes qui parlent fort et des femmes si fines perchées sur des talons si fins, elles sont belles vraiment, elles ont tout raflé pense Serge, la beauté, le fric, la joie, Pardon… Pardon… Serge sent leurs parfums mêlés de sueur à cette heure-là, une sueur un peu poudrée qui n'a rien à voir avec l'autre, la rouille et le sel, Pardon… Pardon… Serge sourit sans cesse, il ressemble sûrement au joker de Batman, Pardon… Il arrive enfin dans le couloir mauve où tout est doux, la moquette et les murs, et au bout duquel il y a les deux chambres, la bleue pour Théo, la rose pour Chloé, et les lampes colorées qui diffusent cette lumière douce dans cette odeur d'enfant qui dort.

Serge s'en veut d'empester la fumée et l'alcool, il n'ose pas poser sa tête dans le petit cou tout chaud de Chloé, où est-elle, se demande-t-il, que deviendra-t-elle, sûrement une jeune femme fine perchée sur des talons fins, le juste retournement des choses. Chloé viendra de sa mère et de rien d'autre avant. Ce sera bien. Mais où est-elle, se demande-t-il encore, il aimerait tant participer à son rêve, être dans le souffle du songe, un monde qui n'aurait que cinq ans et demi, des yeux qui ont vu la jolie maison à Montmartre et l'école deux rues plus bas, et voilà c'est cela la vie. Ça vaut le coup de vendre des manoirs en Bretagne à de vieilles femmes sans pudeur ; rien que pour offrir à sa fille la beauté du monde. Avant qu'elle traverse la rue toute seule. De là où il est, la chambre de Chloé au bout du couloir, Serge n'entend rien de la soirée organisée par Lucie, c'est comme s'il était sous l'eau, très loin dans les profondeurs. Il regarde la chambre rose, pâle et douce, la moquette épaisse, le cheval à bascule, la dînette, Barbie et sa maison et sa voiture et son Ken et son chien et sa garde-robe. Cette vie en miniature. Il a l'air d'un grizzli dans cet univers rose qui sent le pyjama repassé et l'essence de lavande. Son ombre sur le mur ne semble pas lui appartenir, elle est épaisse et courbée, est-ce vraiment lui ? Il se lève, la sueur coule en une seule goutte le long de son dos, avec une étrange précision. Son ombre se couche à ses pieds. Il sort et passe devant la chambre de son fils sans s'y arrêter. Il rejoint les invités. Le bruit que font les gens à l'aise.

Et ça a continué comme ça quelque temps. Les jours défilaient et raccourcissaient, bientôt on passerait à l'heure d'hiver, on basculerait dans des journées brèves et des soirs immenses, sans propositions. J'étais à l'aise dans ma vie, comme dans un lit que j'aurais préparé à la taille souhaitée, recouvert de draps propres. J'avais bâti quelque chose et je m'y tenais. Le soir, Antoine écoutait les matchs à la radio tout en repeignant la salle de bain, je pensais qu'il lui manquait un fils, ou une fille, un enfant qu'il aurait été heureux d'inviter au cinéma, au restaurant, une sortie complice avec deux ou trois confidences et une étreinte fugace en bas de l'immeuble, avant de se séparer. Au lieu de quoi il peignait la salle de bain en blanc cassé, cette couleur a le nom le plus stupide qui soit, le blanc est beau s'il est pur, clinique et froid, le casser ne le rend ni plus chaud ni plus acceptable. Ce soir-là, depuis le coin douche, Antoine a crié, beaucoup trop fort pour l'étroitesse de l'appartement :

– La fête des vendanges c'est ce week-end, tu te rappelles ?

– Oui, j'ai regardé la météo sur Internet, ça va être l'été indien.

– Ah génial, génial… merde ! il y a un but et j'ai pas compris pour qui, tu peux allumer la télé ?

– Non.

– Pardon ?

– J'ai dit non.

Il y a eu un grand silence. Juste un grand silence, avant qu'il dise « j'ai eu tort de ne pas mettre une sous-couche » et se racle la gorge, parce qu'il était ému. Ou contrarié. Gêné. Furieux. Indifférent. Heureux. Comment savoir ? Comment deviner ce qui se cache dans les silences quand on est tellement habitué à les laisser passer avec leurs cohortes d'anges et de questions dangereuses ? Un homme qui ne pose pas de questions. Qui étale du blanc cassé sur un mur et qui parle trop fort, est-ce qu'il n'a pas envie de se pendre au rideau de douche ? Je suis entrée dans la salle de bain, il s'était assis par terre, avec son jean taché et ses cheveux collés par la sueur. Je me suis agenouillée devant lui, j'ai posé mes mains sur ses joues mal rasées, ses yeux ressemblaient à ceux d'un gros chien déçu. J'ai embrassé ses paupières et il a souri en soufflant un peu par le nez. Il ressemblait à un enfant vieilli par malédiction, il était plein de contradictions, le regard innocent et suppliant, mais le corps lourd, la peau usée, le cheveu cassé.

– On va peindre des grosses fleurs par-dessus le blanc cassé, ce sera moins angoissant, non ? il a dit.

Je me suis relevée et j'ai posé mes paumes à plat partout sur les murs humides, mes mains faisaient un bruit de ventouse molle quand je les retirais, il a ri et il a fait comme moi, nos empreintes se croisaient et se chevauchaient. C'était drôlement joli. Ce petit saccage. À la radio, le présentateur a hurlé la victoire de Lens comme si cela lui donnait une vie supplémentaire. « Un zéro victoire Lens... Un zéro victoire Lens... », se répétait Antoine. J'ai passé mes mains sous le robinet pour les rincer avec du white-spirit, la salle de bain semblait plus vieille qu'avant la peinture, comme si chaque effort pour la rafraîchir avouait sa décrépitude absolue.

L'appartement est immense et nu. Les vitres sont sales, les douilles n'ont pas d'ampoule et la voix de Serge résonne quand il annonce la superficie et l'orientation plein sud de la suite parentale. Face à lui, l'église Saint-Gervais et les quais de la Seine, dilués dans le gris du ciel comme un pastel plein d'eau. Les perspectives sont fragiles et à peine dessinées, cela ressemble à un monde que l'on quitte. Serge laisse le couple de visiteurs chuchoter entre eux ce qui ne va pas, et parler trop fort, en écho, pour demander à revoir l'appartement le lendemain. Puis ils s'en vont et Serge ne leur rappelle pas l'arrêt de bus à proximité, ni la commodité des commerces ouverts tard, à quoi bon, ils ne descendront pas à minuit pour acheter du mauvais whisky et des bières, ils sont prévoyants et méticuleux, ils sont venus avec un mètre et un appareil photo, la femme a dit « je reconstituerai tout à l'échelle miniature et tu verras que le home cinéma n'ira pas sur le mur du salon ». Et Serge regarde la nuit s'infiltrer lentement dans l'appartement de l'île

Saint-Louis, couler en douceur dans les grandes pièces vides, comme des nappes de brouillard. C'est un apaisement étrange que de se laisser glisser dans le gris des ombres, et le sentiment que rien n'a d'importance l'emporte sur la nostalgie et l'émotion à se sentir seul dans ce lieu inutile et trop cher. Serge l'a estimé à un million sept cent mille euros. Il a écrit les chiffres sans y croire, d'autres les prennent au sérieux à sa place. Et si la Seine débordait encore une fois ? Et si les sans-abri laissaient à demeure leurs tentes arrondies sur les quais d'Anjou et d'Orléans, faudrait-il gommer des zéros au bas de l'annonce ? Les appartements prennent de la valeur avec le temps. À l'inverse des hommes. Serge s'assied sur les tomettes rouges du salon, il ne voit plus que le ciel, et il se souvient des orages de son enfance, plus forts, plus menaçants qu'aujourd'hui. Des punitions définitives. Il desserre sa ceinture. Retire la veste de son costume. Et puis ses chaussures. Ses chaussettes. La nuit le recouvre. Les réverbères ne sont pas encore allumés, le décalage est de quelques minutes, comme un changement de décor dans le noir. Alors le dehors ressemble au dedans. Les murs lui paraissent fragiles, les fenêtres tremblent quand une moto passe trop vite. Serge a un peu de mal à respirer. Il aimerait avoir froid. Être réveillé, pleinement conscient. Mais la nuit l'engourdit, comme s'il était l'heure de dormir depuis longtemps, comme s'il fallait se taire. Encore.

Quand il pousse la porte du jardin ce soir-là, le souvenir indéfinissable de Suzanne s'est effacé, aucun chat ne le frôle, Serge ne pense à rien, ni aux fleurs endormies ni à son tilleul nu, ni à la soirée qui l'attend, la journée qu'il a eue, il n'est nulle part, distrait et un peu lent. Lucie allume la lumière du perron et sort pour l'attendre. Elle rit dans ce halo de lumière juste pour elle, elle pourrait chanter une chanson, danser un peu, ce serait beau, pense Serge, Chloé aimerait sûrement voir sa mère chanter sur le perron lumineux, et quelle merveille ce serait de les contempler ainsi toutes les deux, à l'endroit exact où elles doivent être, faisant ce qu'elles doivent faire : l'attendant dans la joie. Quand il arrive sur le perron, Serge serre Lucie dans ses bras si fort qu'au lieu d'en être flattée, la jeune femme en ressent une légère inquiétude, mais quand Serge pose la tête dans son cou et mordille sa peau, se collant à elle avec un désir spontané et imprévu, elle frissonne, et il sait qu'elle couchera les enfants tôt. Alors il soupire, délivré, car il anticipe de quelques heures, il se situe enfin quelque part dans cette journée qui n'a eu aucun sens.

Quand il entre au salon, il voit le dos de son fils, assis derrière le piano. Il ne joue pas. Il regarde le clavier. Ses mains à plat sur ses genoux. Enfin il plaque un accord. Un deuxième. Très vite. Trop fort. Avec la maladresse de celui qui se faufile. Puis ses mains restent suspendues, ses épaules relevées touchent presque ses oreilles, on dirait que quelqu'un derrière lui tient ses bras en l'air, pour l'empêcher de jouer. D'une main douce Lucie ferme le piano, caresse la nuque de Théo, propose un whisky à Serge, crie à Simone, l'employée de maison, de faire dîner les enfants. Puis elle s'assied et Serge la regarde, si lumineuse, fraîche comme au matin, c'est comme un tableau, pense-t-il, un paysage au soleil.

– Je voudrais que tu sois tout le temps avec moi, dit-il.

– Comment ça ?

– Je voudrais que tu m'accompagnes partout, que tu sois avec moi à l'agence, dans la voiture, dans les appartements, partout.

– Quelle drôle d'idée ! Je ne suis pas ta secrétaire !

Elle gratte son genou, et ses ongles sur le bas rendent un son mauvais, comme si ces deux matières, l'ongle et le synthétique, ne devaient jamais se toucher, c'est une petite explosion, deux produits inflammables qui entrent en contact.

– Tu as une sale tête Serge, tu sais. Ça fait combien de temps que tu n'es pas allé à Quiberon ?

– À Quiberon ? Je ne sais plus… Trois mois ? Six mois ?

– Tu parles ! Moi je dirais un an. Au moins.

– On aurait dû lui acheter un piano droit.

– Quoi ?

Serge pose son verre, se lève, quitte la pièce, en un seul mouvement, presque un seul geste. Il ne pensait pas faire ça, il ne voulait pas faire ça, il voulait bavarder avec Lucie et sentir l'alcool le détendre et profiter du calme de la maison dans laquelle le repas du soir est déjà prêt.

– Avec un piano droit il aurait pu jouer en sourdine !

Et il se demande pourquoi sa voix est si haut perchée, comme celle d'un enfant moqueur qui parlerait en courant, tentant de fuir ses propres paroles.

Le dimanche 10 octobre, pour la fête des vendanges de Montmartre, c'était en effet l'été indien. La météo ne s'était pas trompée. « Il faut en profiter, disait Antoine, je t'avais dit de pas ranger mes chemises d'été, j'aurai trop chaud, toi et ta manie de tout trier, j'espère que tu n'as rien jeté, hein ! » J'ai enfoui ma tête sous les draps, je n'avais pas envie de me lever et de conseiller Antoine sur la chemise qu'il porterait. J'avais envie de penser à tout, à rien, la tête sous les draps. J'aime ces instants d'après le sommeil, cet espace flou, la lumière hésitante et l'air un peu lourd dans la chambre engourdie. Mais j'entendais les bols qui tremblaient sur le plateau du petit déjeuner qu'Antoine m'apportait au lit. Je m'en voulais de ne pas me trouver spécialement chanceuse, car combien de femmes ont ce privilège après tant d'années de vie commune : le petit déjeuner servi au lit le dimanche ? J'aurais tant souhaité me trouver heureuse. Avoir envie de sortir au bras d'Antoine. Mais je n'avais envie de rien, juste, pour une fois, ne pas être dans les mêmes heures, les mêmes rues que les autres.

– Tu sais quoi ? a dit Antoine, non mais tu sais quoi ?

– Non.

– Il fait tellement beau, je te propose une chose : tu bouges pas, tu fais rien…

– Oh, Antoine !

– Et pendant ce temps-là, je prépare un pique-nique ! Pourquoi tu grimaces ? Ça va pas être jambon beurre, hein, tu vas être surprise, crois-moi.

Je ne voulais pas qu'il ait le temps de préparer un pique-nique, je ne voulais pas manger à côté des pigeons et des chiens. J'ai posé le plateau par terre et j'ai attiré Antoine près de moi, là où j'avais envie d'être : sous les draps. Il a souri et sa joue s'est creusée, sa petite fossette et sa satisfaction d'homme désiré, et puis sa rassurance à désirer aussi. Je lui ai demandé de me recouvrir, de peser sur moi, m'empêcher de respirer, et nous étions ensemble, collés l'un à l'autre, dans la chaleur d'un matin que nous ne partagions avec personne, et qui annonçait, sans que nous le sachions, la fin de notre tout petit monde.

C'est un soleil qui lui est destiné, Serge le sait. Il est assis sur le banc de pierre de son jardin, plein de gratitude, son visage tendu vers le ciel, et il ne sait pas pourquoi il a cet air d'opéra en tête, l'air de Valentin dans *Faust*, « Avant de quitter ces lieux, sol natal de mes aïeux », c'est idiot il ne va rien quitter du tout, il est chez lui, et ses doigts agrippent le banc de pierre, depuis combien de temps n'a-t-il pas écouté *Faust*, depuis combien de temps n'a-t-il pas pleuré ?

– Tu te fais bronzer, papa ?

Théo ne s'est pas assis sur le banc. Il s'est planté devant son père et a hésité un peu avant de lui parler, mais il voudrait savoir s'il se fait bronzer ou s'il a juste envie d'envoyer une grimace au ciel, les yeux fermés, le visage plissé, il est laid ainsi et un peu effrayant.

– Non, je ne me fais pas bronzer... Je me réchauffe comme un vieux chat.

– Tu viens sur la place ? On va se faire maquiller avec Chloé.

– Oh non…

– Non ?

– Dis à ta mère que je reste ici, je vous prépare un repas dans le jardin, c'est bien ça, hein ?

Théo savait qu'il ne viendrait pas, sa mère le lui avait dit, sa mère se trompe rarement. Mais Théo a huit ans et il aime bien essayer de changer le cours des choses. Il fait un vœu chaque matin, et le soir une croix sur son calendrier si le vœu s'est exaucé. Mais le calendrier est vide la plupart du temps, et il se rattrape par des vœux idiots, surtout en fin de semaine. « Je voudrais qu'il n'y ait pas d'épinards à midi », « Je voudrais que maman me laisse regarder *Les Simpson* », ce sont des souhaits de rattrapage, assez nuls et pas intéressants, mais cela est si décevant de voir qu'il n'arrive à rien, comme si sa vie avait été décidée tellement longtemps avant sa naissance, et Théo se pince parfois la nuit dans son lit, il pince ses cuisses, ses bras, il a peur d'être mort, de ne pas peser vraiment vingt-cinq kilos et d'avoir un corps transparent. Quand il joue du piano, il entend qu'il existe. Et que cela leur casse les oreilles, le plus souvent. Théo s'en va. Il laisse son père et son affreuse grimace, ses joues râpeuses du dimanche et sa voix enrouée comme des cailloux que l'on frotte au fond de sa poche.

Le plaisir de Serge est gâché. Maintenant, il ne sent plus le soleil de son jardin, il sent l'agitation qu'il y a autour, car le temps est exceptionnel et c'est la fête des vendanges, les rues sont pleines, et les places aussi, les bars, les églises, les librairies, les restaurants, des gens qui parlent les langues du monde entier et prennent la même photo. Il pense aux carmélites du Sacré-Cœur de Montmartre, il les envie, l'exclusion, la liberté de ne rien posséder… Sont-elles saintes, ou lâches ? En tout cas, elles se taisent, pense Serge, elles ne connaissent pas le calvaire quotidien du mensonge. Il entend la voix de Chloé, elle s'est assise à ses pieds et joue avec la terre.

– Alors, monsieur, dit-elle, vous voulez un gâteau au chocolat peut-être ?

– Avec des cerises dessus s'il vous plaît, mademoiselle.

– Ah, très bien, monsieur !

Et Chloé pose des graviers sur le gâteau de terre et murmure pour elle-même « voilà les petites cerises, hein… » et elle vient de changer le monde. Serge se dit qu'il préparera un poulet basquaise pour midi, avec des frites, et qu'il écoutera *Faust* en cuisinant, et l'opéra envahira chaque pièce, sa maison respirera la joie, la puissance et la volonté de cette musique, cet homme qui a fui la vieillesse… Un peu comme moi, se dit-il, et cela l'amuse, Lucie est sa Marguerite, si jeune, sa protégée éblouie. Et soudain il a cette image de la petite Agnès qu'Arnolphe n'aime qu'ignorante et toute à lui…

– Voilà monsieur, n'avalez pas les noyaux surtout ! dit Chloé.

Serge fait mine de manger le gâteau, de se régaler

vraiment, il se frotte le ventre et dit à sa fille que tout compte fait, il n'envie pas les carmélites.

– Les quoi ?

– Rien. Je suis très heureux d'avoir une petite fille comme toi, c'est tout.

Mais Chloé n'est pas flattée. Elle est inquiète et le regarde en tordant sa bouche, elle sait qu'il n'a pas recraché tous les noyaux, elle sait qu'il ne la croira pas si elle le lui dit, elle sait qu'il ment quand il dit que le gâteau est délicieux.

– Bon je m'en vais, de toute façon on va se faire maquiller avec Théo.

Elle est partie et Serge se lève. Époussette la terre sur son pantalon. Essuie son front mouillé de sueur. Face à lui le tilleul est aussi nu qu'un vieillard sculpté qui se tord vers le ciel. Serge pose sa main sur le tronc et reçoit la vie de l'arbre, comme un courant électrique, une décharge muette. Il y pose son front. Le tape contre l'écorce. Tout doucement. Un peu plus fort. Et l'air de Valentin chante à nouveau, « Avant de quitter ces lieux, sol natal de mes aïeux, à toi Seigneur et roi des Cieux, maaaa sœur jeee confie ! ». « J'emmène les enfants se faire maquiller place des Abbesses ! » C'est Lucie qui crie. De sa voix heureuse et décidée, la voix de celle à qui jamais rien n'a été refusé. Serge se redresse et annonce son poulet basquaise. Ils ne l'entendent pas, ce sont des êtres heureux d'aller à la fête. Il reçoit leurs baisers envoyés de loin, comme s'ils soufflaient sur des fleurs de pissenlit. Ils sont beaux. Ils sont à lui. Tous les trois. Et lui ? Est-il à eux ? Leur appartient-il ? Ce tilleul, cette terre, ces graviers, ce perron, ce toit, ce piano… un craquement d'allumette et ce serait fini, il le sait, c'est une connaissance forte et secrète qu'il ne livre à personne, car mieux vaut la contenir que la diffuser et la laisser se répandre, comme un poison volatil et mortel.

Finalement il a bien fallu sortir, ce jour-là. Mettre un pull léger par-dessus les chemises d'été, croiser un voisin dans l'escalier, et recevoir la lumière du jour plein feu en ouvrant la lourde porte d'entrée. Nous habitons rue de Douai, Antoine et moi, un petit appartement au cinquième étage avec balcon, comme c'est le cas la plupart du temps à cet étage-là à Paris. Nous n'y faisons rien pousser, un rosier un peu ancien et rachitique se désole tout seul, au printemps il est assailli de moucherons, quand par hasard nous l'arrosons l'eau coule chez les voisins qui hurlent comme si nous leur pissions dessus. Parfois je me demande pourquoi rien ne naît de nous deux, quelle est cette union distraite, ce léger désenchantement qui est le nôtre et ne nous révolte pas.

Antoine voulait aller à la basilique, autour de laquelle on vendait des produits régionaux de la France entière, il aime goûter le vin et le jambon et parler avec les types habillés en Auvergnats, en Bretons ou en Basques, comme cela ne se fait nulle part ailleurs qu'à Paris. Nous avons remonté la rue Lepic dans laquelle les touristes asiatiques semblent toujours furieux, jusqu'à ce qu'on leur désigne le café d'*Amélie Poulain*. C'est une rue où les gens sont à l'aise, ils font leurs courses sans compter, les traiteurs côtoient le fromager, les fleuristes, le caviste, j'imagine des dimanches français dans lesquels un léger laisser-aller, une apparente décontraction font oublier les privilèges et la vie bourgeoise que nous mènerons tous d'ici quelques années, si nous continuons à nous balader sans jamais provoquer le moindre déséquilibre.

Devant le *Nazir* Antoine a rencontré des amis qu'il n'avait pas vus depuis trente ans, ils se sont enlacés, deux types compacts comme une pâte à modeler lourde. Ils riaient et disaient « Mais comment tu m'as reconnu ? Oh là là ! ». Mais ils s'étaient reconnus pourtant. L'expression. Le nez. La voix peut-être. Ils ont dit « Alors c'est ta femme ? Oh là là ! » et puis ils se sont rappelé deux trois choses drôles mais qui ne les faisaient plus rire et puis c'était fini, alors ils se sont enlacés encore avant de se quitter, en se donnant des tapes dans le dos, qui exprimaient tout ce qu'ils ne s'étaient pas dit. Plus tard, Antoine a serré ma main : « Tu me le diras, hein, le jour où j'aurai l'air aussi vieux qu'eux. » J'ai souri.

Sur une petite estrade, place des Abbesses, le maire du XVIIIe non-mariait des couples, venus de province pour la plupart. Ils étaient amoureux et d'une timidité fragile. Se non-marier devant tout ce monde, ces inconnus qui riaient et les applaudissaient à peine… « Alors, vous venez d'où, Géraldine ? » demandait le maire. Cela ressemblait à un radio-crochet, une complicité gauche, faussement entraînante. Et puis l'amoureux disait : « Géraldine, j'ai l'honneur de ne pas te demander ta main », et elle : « Oui Hervé ne gravons pas nos noms au bas d'un parchemin. » On les applaudissait par politesse, et nous avions tous en tête la chanson de Brassens, impossible de se l'ôter du crâne, ainsi se baladaient dans Montmartre ce jour-là, des hommes et des femmes qui avaient en tête le même air, comme une croix invisible sur leurs épaules.

Juste à côté de l'estrade où se célébraient les non-mariages, un type était habillé en magicien, chapeau pointu, cheveux longs et robe de velours, des yeux inertes cernés de noir et la bouche piquée de rouge. Il n'exprimait rien et faisait en silence des coiffures extravagantes, très hautes, tenues par des entonnoirs recouverts de fleurs et de rubans, puis il maquillait les visages, des femmes, des enfants qui ne se verraient qu'à la dernière minute, lorsqu'il leur tendrait le miroir où ils contempleraient un visage que la foule avait vu avant eux. Les gens avaient l'air heureux, c'était un dimanche un peu à part et plein de soleil, on aurait dit cependant que chacun attendait que quelque chose se passe vraiment, comme une fête dont l'ambiance tarde à venir et déçoit, sans qu'on se l'avoue. « Il y a une femme qui te fait signe, là-bas », m'a dit Antoine. C'était Lucie. Lucie et ses enfants, un à chaque main et elle au centre, les gamins amarrés à elle, maquillés comme des poupées anciennes. J'ai envoyé un signe de la main, elle a souri en retour et m'a désignée à son fils, sûrement elle lui disait : « C'est la dame qui accorde ton piano, mais si tu sais bien je t'ai expliqué, elle écoute le *la* du diapason et puis elle accorde toutes les notes. » Je la voyais penchée vers l'enfant qui l'écoutait en me regardant, l'observation fugitive d'un gamin timide, un peu méfiant. Plus tard je verrai combien il ressemble à son père. Sans savoir pourquoi et à quel point, quelle fêlure aiguë, irréparable. Pour l'heure il ne se passait rien. J'avais un air de Brassens en tête et je saluais, de loin, une famille heureuse.

Voilà. C'est exactement comme ça qu'il voulait que ça se passe. Il a retrouvé les CD de *Faust* et tous les ingrédients nécessaires au poulet basquaise et il mélange le tout, les odeurs, la musique, l'espace, la lumière. C'est vivant et fort comme un alcool trafiqué, et ça annule ce qui se trame autour de sa maison, aux abords de la place du Tertre. Serge éloigne la foule et la confusion, grâce à l'opéra et à l'odeur de l'oignon qui frémit avec les épices, le thym, le laurier et les poivrons, jaunes, rouges, verts, les tomates ouvertes, c'est beau, et son jardin se redresse, le tilleul se tend vers le bleu du ciel comme s'il voulait le décrocher. Serge coupe le poulet cru à coups de hachoir, il frappe juste au bon endroit, prend les cuisses à pleines mains, les tire et les incise, fend la cage thoracique, il y a encore dans la cuisine l'odeur du duvet cramé, c'est une odeur amère et familière. Il frappe et rien ne lui résiste, il a dans les mains cette chair crue et tendre, les tendons fermes, les os longs et blancs, doux comme les osselets avec lesquels il jouait enfant et que sa mère commandait au boucher exprès pour lui. Il s'assied et contemple le poulet écartelé, les cinq parties, cuisses, ailes, cage thoracique, comme une fleur ouverte par le vent, et sacrifiée. « C'est une croix qui de l'enfer nououous garde ! » Serge regarde l'aile morte dans sa main épaisse, et qu'il n'aime pas, pas assez souple, les doigts trop courts, aucune liberté, il n'entend plus *Faust*, il est dans *Faust*, il n'est pas attentif à la musique mais lié à elle, comme on peut l'être avec notre propre souffle, quand on ne lutte plus. Il se sent de nouveau protégé par la couverture invisible, comme au sortir d'une séance chez l'ostéopathe, comment dit-il déjà ? « Le champ magnétique » ! Et Serge sourit... le champ magnétique ! Ce doit être vrai. Toutes ces choses qu'il ignore. Il y a partout autour de lui des vérités qu'il ignore, des évidences qu'il ne soupçonne même pas, et des êtres prédestinés, à qui il n'a pas encore fait attention.

À treize heures Lucie revient avec les enfants. Ils sont maquillés, fatigués, et ils ont très faim. La fête est terminée et ils sont un peu déçus, Théo dit qu'il voudrait aller au bal des non-mariés, mais cela n'est pas possible, dans deux heures c'est fini, lui dit sa mère, et voilà, une si longue attente pour si peu de chose pense l'enfant, et il passe devant son père les yeux fermés sur le canapé du salon, les écouteurs dans les oreilles, il va se démaquiller dans la salle de bain des enfants, mais les couleurs grasses collent au gant de toilette et s'étalent sur son visage, on dirait qu'il a fait de la peinture à doigts et s'est frotté les joues ensuite. Sa mère éclate de rire quand elle le voit et l'emmène dans sa salle de bain qui sent le muguet, le vernis à ongles et le dissolvant. C'est un mélange de douceur et d'aigreur, un peu de sucre et de poivre dans ce lieu aux serviettes larges et bien pliées, aux flacons colorés posés sur des tablettes de bois gris, près des miroirs et des médicaments pour l'estomac, des petits ciseaux, des pinces, des brosses souples comme des pinceaux, des rouges à lèvres en vrac, c'est le joli monde de sa mère, dans lequel rien de mauvais ne peut arriver. Il se tient bien droit, les yeux fermés avec force quand elle étale la crème un peu froide sur son visage, avant de l'ôter avec un coton. Il veut l'aider et il pense que sa raideur est signe de sa bonne volonté. Quand c'est fini, Lucie l'embrasse sur le bout du nez « Rompez, petit soldat ! », et elle le pousse vers la sortie, il est rare que Théo ait le droit d'être dans cette salle de bain, et il s'en veut d'avoir fermé les yeux.

La journée passe, avec le soleil. Elle est douce. Un peu close pourtant, et elle se fane, au fil des heures, sans rien offrir de concret. Dans la poubelle les os du poulet sont gras, ravagés, mêlés aux pelures d'oignon et aux croûtes de fromage. Cela pue un peu. Serge ressent la nostalgie du dimanche soir, la même que lorsqu'il était enfant et ne voulait pas laisser sa mère seule le lundi.

Seule et libre. C'est le même picotement dans le creux du ventre, le même agacement diffus, un peu honteux. Il trouve qu'il fait si froid, sitôt que le soleil disparaît. C'est brutal. Une couverture qu'on arrache par surprise.

Quand les enfants ont pris leur bain et qu'ils regardent les dessins animés du dimanche soir, allongés sur le tapis du salon, Serge cherche Lucie dans la maison. Il l'appelle, avec un agacement pressé, il n'aime pas qu'elle ne soit pas dans son champ de vision, il n'aime pas avoir à entrer dans les pièces et ne pas la trouver. Elle est assise derrière son secrétaire et remplit un album photos. Elle note les lieux et les dates, tout cela est listé, chronologique, leur existence est un menu dont elle varie à peine les plats, et pourquoi le ferait-elle, toutes les photos sont belles, les visages éclatants et les paysages ceux dont on rêve, la mer, la montagne, de beaux gâteaux d'anniversaire et des spectacles de fin d'année où une trentaine d'enfants sont toujours les figurants du vôtre. « On sort », dit Serge. Lucie soupire un peu, à peine, avant de téléphoner à la baby-sitter. Serge lui dit de se couvrir, le froid est tombé et il veut marcher.

– Marcher ? Mais on va où ?

– Ici, dans le quartier, sur la place, je sais pas… J'ai besoin d'être dehors.

– Qu'est-ce qui t'arrive, mon ours solitaire ?

Lucie choisit une grosse veste de circonstance :

dimanche soir décontracté sur la place des Abbesses, chic et douillet, le luxe discret et malin. Elle est belle et Serge se demande de quoi il a l'air à côté d'elle, lui et ses soixante ans, ses sautes d'humeur et ses migraines. Lucie tire sur le col de son blouson pour l'attirer vers elle et l'embrasser furtivement. « Je t'aime », dit-elle très vite, et Serge pense que c'est une phrase distraite, il n'est pas vraiment concerné, juste flatté, et il comprend la quiétude des bourgeois.

J'avais promis à Mathieu que j'irai voir les photos que son copain exposait au *Tam-Tam*, ce bar sombre et un peu sale, gai et toujours plein, en haut de la rue Lepic. On était dimanche soir et je ne l'avais toujours pas fait. Antoine ne voulait pas ressortir, il commençait un puzzle, mille cinq cents pièces, la grande muraille de Chine. Pas simple.

– Plus de sept mille kilomètres, est-ce que tu peux imaginer ça ? il me demandait.

– Non.

– Eh bien moi non plus.

Et je voyais comme il était bien chez lui, concentré sur ce qu'il aimait, à l'abri de tout ce qu'on exige de nous et de ce qu'il faut paraître.

– On dit que c'est le plus grand cimetière du monde, dix mille ouvriers sont morts pour la bâtir. Chartres, à côté… hein ! Tu vois un peu.

– Je vais au *Tam-Tam*, pas longtemps, c'est pour mon stagiaire.

– Ça m'ennuie de te laisser y aller seule... Tu m'en veux ?

Peut-on en vouloir à quelqu'un de faire un puzzle ? Peut-on en vouloir à quelqu'un de peindre une salle de bain en blanc cassé ? De pique-niquer dans Paris, à cinquante ans passés ? Non, non, non et mille fois non. Et cette impossibilité-là pèse des tonnes. J'ai posé ma main sur sa nuque, forte, penchée sur la table où la muraille de Chine avait explosé en mille cinq cents morceaux. Puis je suis sortie, pour qu'il la rebâtisse en paix.

Paris était nettoyé de ses touristes, sûrement enfermés au *Moulin Rouge* ou dans quelque théâtre érotique, dans les rues autour. « Ça c'est Paris ! » Le *Tam-Tam* était plein, comme d'habitude. Georges, le patron, s'est avancé vers moi les bras écartés, le torse bombé, et m'a serrée dans ses bras, il sentait le vinaigre et la sueur. Georges est le genre de personne qui a toujours eu plus de quarante ans, n'a jamais été fragile ou indécis, jamais adolescent ou jeune marié, un homme enjoué et bedonnant, toujours entouré de copains. On a regardé les photos accrochées aux murs gras et mal éclairés : des immeubles éventrés, des reflets de voitures accidentées, deux gamins dans une tranchée…

– Il a quel âge, ce photographe ? j'ai demandé.

– Dix-neuf ans. Dis donc, tu veux me faire plaisir ?

– Je crois pas que je vais en acheter une, Georges…

– Je te parle pas de ça ! Va voir un peu mes gars là, à

l'orchestre, dis-leur qu'il faut qu'on danse ce soir, ils m'envoient que du jazzy, c'est la fête des vendanges, merde ! Je t'apporte une vodka frappée... Conteste pas, fais-moi plaisir.

J'ai rejoint l'orchestre au fond de la salle, un trio de copains cinquantenaires qui tenaient étrangement bien l'alcool et la coke, et qui en étaient fiers, comme si sur eux rien n'avait de prise, ni le temps ni la drogue, et ils fanfaronnaient un peu en espérant secrètement que tout ça ne lâche pas d'un seul coup. Parce que c'est ainsi que cela se passerait : un jour l'un d'eux tomberait soudainement et les trahirait, leur foutrait la grande frousse de leur vie et *ils ne pourraient plus continuer comme avant.* Alors ils prenaient leurs lignes de coke comme des gosses farceurs, car c'est bien cela qu'ils espéraient : rester des mômes, et que rien ne porte à conséquence, et qu'ils s'amusent encore, à leur âge, bon Dieu ! Pas comme tous les autres autour qui hurlaient après une vie saine, longue et ennuyeuse.

Il était tôt encore, à peine 21 heures, et ils étaient au mieux de leur forme, lucides et accordés, je les ai orientés vers ce que Georges voulait ce soir-là : de l'émotion vite gagnée, un élan romantique sur lequel on n'a pas de contrôle. Les consommateurs étaient là pour prolonger une journée ensoleillée et qui ne reviendrait pas avant plusieurs mois, et chacun ressentait ce besoin d'insouciance et de gaieté. L'orchestre a enchaîné « Summertime » (le batteur grimaçait en chantant, et c'était beau, comme s'il mordait le vide, mordait les mots et l'espace entre les mots), avec « These arms of mine », et tout est devenu simple, tout s'est mis à couler, il n'y avait plus rien à faire, juste fermer les yeux et se laisser aller. J'ai dansé seule sur cette chanson suppliante d'Otis Redding, cet appel viscéral.

Serge entre au *Tam-Tam*, avec sa femme. Le bar est plus sombre que la rue, d'une obscurité lourde, c'est un monde clos qui lui saute à la figure avec la chanson d'Otis Redding qui commence dès qu'il franchit le seuil, comme pour saluer son entrée, les premiers mots de la chanson, nus, et la batterie qui monte, au rythme du cœur. Lucie hésite à ressortir aussitôt, elle sait que Serge n'aime ni la foule ni le bruit, il a besoin d'espace, de propreté aussi et l'endroit est d'une crasse ancienne et incrustée, elle la sent partout, sur les murs, le comptoir, les serveurs, une saleté faite de graillon et de la fumée de cigarettes, de fatigue et de dépravation médiocre. Son mari n'aime que ce qui est neuf, comme elle, frais et lumineux. Mais Serge tient son coude et la force à entrer au fond de la salle et à s'asseoir, ils dérangent un groupe qui met tant de temps à se pousser pour leur faire de la place, leurs chaises grincent sur le parquet poussiéreux, presque blanc, les voix forment un essaim compact par-dessus la musique, Lucie est mal à l'aise, comme si on allait la forcer à cohabiter avec ces gens-là bien plus longtemps que le temps d'un verre. Serge commande deux whiskys, alors elle se force à sourire, elle veut accompagner son mari, être au diapason de ce dont il a envie, elle l'aime, il est à la fois son protecteur et son « enfant sauvage », comme elle le nomme, elle est fière d'être celle qui lui offre ce dont il a besoin : la tranquillité, le repos, la paternité aussi, ces deux enfants dont on croit parfois qu'il est le grand-père, et elle se flatte qu'un homme comme lui, riche et séduisant, l'ait choisie. Elle se donne à Serge parce qu'il la considère comme son bijou, la chance inouïe d'avoir épousé une femme si jeune, destinée, fabriquée pour lui, elle l'a épousé à peine entrée dans l'âge adulte et ne se souvient pas des autres avant lui. Mais Lucie ressent soudain la nostalgie de la chanson d'Otis Redding, la tendresse qui en émane, c'est une chanson d'amour, un homme qui demande de l'amour, c'est toujours un peu triste un homme qui ose ça, et parfois la voix du chanteur se brise comme du verre. Elle boit son whisky d'un trait, parce qu'elle aimerait que Serge la fasse danser, jamais elle ne le lui demandera, elle s'accorde à son humeur. Elle veut être liée à lui pour tout et pour toujours, qu'on dise « Serge et Lucie » comme un seul nom, et plus tard, l'accompagner dans la vieillesse, être sa seule issue, et son cœur se gonfle de tristesse, après cette journée si longue où elle n'a cessé d'être joyeuse. Elle pose la tête sur l'épaule de Serge et ferme les yeux. Lui ne bouge pas, mais doucement met sa main ouverte sur sa joue, quelle nostalgie cette musique, pourquoi sont-ils venus ici ? Et Serge regarde la piste de danse improvisée, au centre de ce bar étroit, où tous sont tenus par la beauté d'une voix unie à quelques instruments, batterie, saxo, piano, mais pas seul le piano, pas insupportable pour une fois, pas dominant mais soumis, et c'est la voix qui compte, impure et heurtée, il aime cette voix humaine, tellement abîmée. Il sent la joue de Lucie contre son épaule, une enfant fatiguée, ils ne vont jamais dans ce genre d'endroit, sans tenue ni cohérence, et il se demande comment fait cette femme sur la piste pour danser seule, cette femme plus très jeune ni très jolie, qui bouge comme si tout lui était destiné, la chaleur aigre, l'air saturé, la vie du bois sous ses pieds, de la terre sous le bois, de l'eau sous la terre, comme si elle n'avait pas peur. Oui. C'est cela qui captive et choque Serge quand il voit Suzanne pour la première fois : à quel point elle vit *sans avoir peur.* Ses hanches sont trop épaisses, il pense. Et aussi : elle est belle. Sans justification. Sans loi. C'est incompréhensible et injuste. Elle est petite et sans poitrine. Elle a plus de quarante ans, l'ovale de son visage est relâché, son profil n'a plus de pureté, bientôt elle devra cacher ses bras, et l'espace entre ses seins, ses mains auront des taches et on verra les veines courir le long de ses jambes, mais pourquoi pense-t-il cela, pourquoi l'imagine-t-il seulement ? Elle danse et elle se fiche de ce que cela peut avoir de dérangeant, cette silhouette sans jeunesse, et cette force pourtant qui court en elle, mais elle est quelconque, presque vulgaire. C'est vulgaire, non, de se montrer ainsi tel que l'on est ? Et elle transpire sûrement sous les bras. À l'intérieur des cuisses. Serge presse sa main ouverte sur la joue si fraîche de Lucie, lui a la gorge sèche et ses yeux le brûlent, il lui semble que l'eau a déserté son corps, tout espace liquide et doux. Il prie pour que la femme se tourne vers lui, car il veut voir la couleur de ses yeux, qu'elle ose regarder cet homme tendu, collé à cette épouse superbe et abandonnée comme un joli foulard de soie. Il voit le patron s'approcher d'elle, son corps de porteur de cageots, les manches de sa chemise retroussées, et ses poils gris sur les bras, Serge sent la menace, il serre Lucie contre lui, ils sont deux enfants à qui on va raconter une histoire horrible, une histoire menaçante qu'il ne veut pas connaître, et le patron tourne autour de la femme, les bras écartés comme s'il lui faisait une mauvaise danse du ventre, et elle frappe dans ses mains, elle est commune, ordinaire, elle rit et le bar s'éclaire, elle lance autour d'elle des éclats de clarté, et Serge voit ses yeux enfin, marron, noirs peut-être, comment savoir, c'est si rapide, il la déteste sur-le-champ, son insouciance, cette liberté, une provocation minable. Serge sursaute quand la chanson est finie et il est surpris de se sentir aussi furieux. On entend de nouveau les verres, les rires, et quelques applaudissements épars. Lucie se redresse, la main de Serge poisse, il l'essuie sur son pantalon sans y penser, sans comprendre l'offense faite à Lucie. La femme quitte la piste de danse et s'approche de lui, lui tend la main.

– Je te présente Suzanne, dit Lucie.

Serge prend la main de Suzanne, il cherche la couleur exacte de son regard, et il a cette expression concentrée et méfiante.

– C'est incroyable, dit Suzanne à Lucie, on ne s'était jamais rencontrées dans le quartier et là, c'est la deuxième fois dans la journée !

Lucie rit un peu, pour accompagner la réflexion banale, mais il y a tant de bruit et l'orchestre entame « Since I've been loving you », et son rire reste blanc, alors elle hurle :

– Suzanne accorde le piano de Théo ! et crié ainsi cela devient une incroyable nouvelle.

Serge a un mouvement de recul, et hoche la tête pour signifier qu'il a compris, et que la conversation est terminée.

– Je m'en vais, il y a trop de monde, dit Suzanne.

Elle envoie un signe de la main et s'en va sans plus parler à personne, ni aux musiciens, ni à Georges, c'est l'avantage de la foule : on vous y voit et on vous y oublie aussi. Elle disparaît dans le froid des phares blancs et des poubelles alignées. Et Serge reste assis sur la banquette de skaï entaillée. En lui cela résonne fort, comme un écho dans la pierre. C'est sourd et joyeusement effrayant. Il écoute et il ressent les ondes que son cœur propage dans son corps, le bout de ses doigts fourmille, ses pieds frappent le sol, en cadence, au même rythme que son sang, comme si on avait soudain ôté un caillou de ses artères, une épine, quelle délivrance. « On rentre en taxi », dit Lucie, et elle prend son portable pour appeler la compagnie à laquelle elle est abonnée, mais il y a tant de bruit qu'elle doit sortir sur le pas de la porte, là où les fumeurs tapent des pieds sur le bitume, luttant contre le froid. Elle a leur âge. Elle n'est pas des leurs pourtant. Elle est d'ailleurs. De Serge. De Théo et de Chloé. De douceur et d'argent. Et elle pleure, sans savoir pourquoi.

La nuit qui suit le bar, la nuit d'après la rencontre avec Suzanne, Serge ne dort pas. Ou bien quelques minutes seulement, plusieurs fois dans la nuit, des trous d'air. Ce sont des minutes violentes, faites de rêves rapides, colorés, dans lesquels des phrases sont proférées, Serge pense qu'il va les retenir, elles sont si précises, mais il les oublie et elles se confondent avec les images oniriques, des vagues qui le submergent, des rues mouillées dans lesquelles il se perd, la gueule d'un lévrier, nette, énorme, d'une présence si forte qu'il se réveille d'un coup, comme si on l'avait poussé dans le dos et qu'il chutait. Alors il se lève, traverse l'appartement endormi, avec les odeurs fines qui s'échappent des meubles, tel un souffle prudent. Dans le salon la laque du piano fait un trait de lumière léger, Serge passe la main dessus, il hésite et s'assied. Le tabouret est trop haut pour lui et ses genoux touchent le clavier, on dirait un homme coincé dans une auto tamponneuse. Lucie a acheté des roses au marché, il s'en dégage une odeur sucrée et déjà poussiéreuse. Serge pense à Suzanne qui danse sans aucune crainte, qui vit sans que personne ne lui vienne en aide. Et cette pensée lui fait mal au ventre. Il ne sait plus distinguer l'angoisse du désir. Il pense à elle et il la veut. Imparfaite, usée, présente, il la veut. Mais ça n'est pas sérieux, il faut sûrement laisser passer les heures, laisser entrer le jour et alors cela se dissipera, ce souhait brutal. Il n'y aura plus que le souvenir amusant d'une folie. Il se dit cela, il raisonne, et plus il raisonne, plus il la veut, il veut cette femme de plus de quarante ans, petite et menue comme un adolescent, qui rit avec le patron du bar, épais et puant, et il se souvient de l'avoir croisée un matin, ses baskets et sa mallette… Il avait ouvert la porte au moment où elle allait la pousser, et elle était entrée chez lui. Serge soulève le clavier, les touches sont blanches. Tilleul et plastique. Il se souvient des touches recouvertes d'ivoire, jaunies comme des dents, usées et pleines d'empreintes mêlées. Il ouvre sa main, petite, courte, avec quelle fierté, sa mère faisait ce geste… « Je peux couvrir une octave et demie d'une seule main ! » Serge referme le clavier, et sort.

Le jardin est froid, plein d'une vie sourde, Serge se demande l'heure qu'il est, et si les carmélites sont éveillées. Est-ce qu'elles prient déjà ? Combien d'hommes et de femmes se heurtent à la nuit, avec quel désarroi ils constatent leur insomnie répétée, tenace, ignorant qu'ils ne sont pas seuls mais font partie d'une multitude, celle des gens lucides dont la nuit jamais ne vient à bout. Il regarde le ciel noir et les trouées lumineuses des étoiles, il fera beau demain, tout est prêt. Il s'assied sur le banc de pierre pour penser mieux à Suzanne. Il a envie de penser à elle et d'en profiter, et ce qui l'oppressait dans la maison, au-dehors lui semble un bienfait. Il a le droit de réfléchir à cette rencontre. D'écouter de nouveau la chanson d'Otis Redding et tenter de comprendre ce qui s'arrachait à lui pour aller vers elle. Il ne sera pas difficile de connaître son nom, son adresse, son téléphone. Et le corps de Serge est traversé de peurs, de brèves piques électriques, il est effrayant que cela soit si simple, que cela soit *possible*. Il se demande s'il veut cette femme parce qu'il s'ennuie, parce qu'il a peur, parce qu'il a besoin d'une épreuve, un défi ? Mais l'attirance pour Suzanne n'a aucun rapport avec cela, n'a aucun rapport avec rien. Et ce rien l'attire. Cette femme est vide peut-être. Elle est commune et vide, c'est ce que je veux, le repos ? Il sait que c'est faux. Cette femme est pleine, et retenue, la danse n'a libéré qu'une fraction de sa lumière, il sait cela, et il sait aussi que le restant, la totalité de sa lumière, lui est destiné.

Le lendemain il pense qu'il va avoir une sale tête, sa tête de papier mâché, post-nuit blanche. Mais son visage est clair, son regard amusé, un peu surpris et attentif. Il reçoit ce regard avec un tel étonnement qu'il recule un peu lorsqu'il se voit dans la grande glace de la salle de bain et il se demande ce que dira Lucie, mais Lucie ne dit rien et tout est habituel, le café, l'orange pressée, tout est en ordre. Il sait qu'il va le faire. Il va ouvrir le tiroir dans lequel Lucie range son répertoire, il va faire cela en cachette, chercher l'adresse de Suzanne et y aller aujourd'hui même, car c'est une obsession maintenant, et il veut en avoir le cœur net. Il trouve l'adresse, il est ému et agacé que cela soit si proche, plus bas après la place des Abbesses, des rues moins aimables, moins tendues vers le ciel que celle où il habite, et il se dit que c'est peut-être pour ça que cette femme est ordinaire, car elle vit avec les gens ordinaires, près des bouches de métro et des épiceries arabes, près des complexes cinématographiques et des revendeurs de shit. Il ment à Lucie. Pour la première fois. Il ouvre la brèche et puis après c'est trop tard. Il dit qu'il fait visiter dans le quartier, il reviendra prendre sa voiture plus tard.

Il descend les rues, il quitte Montmartre, et déjà Montmartre est différent, c'est un fruit éclaté ouvert sur le ciel. Il laisse derrière lui ce pays trop petit, et va avec les autres piétons, des nonchalants, des excités, des couples, des vieux, des moches, des indolents, et il lui semble que tous font mine de ne pas savoir mais savent : cet homme a un secret qui se voit, cet homme est nouveau dans ces rues, cet homme a un cœur qui cogne.

Il arrive devant chez elle. 18, rue de Douai. Il regarde autour de lui, mais rien ne ressemble à cette femme, rien n'indique qu'elle marche dans cette rue chaque matin, que c'est par ça qu'elle commence, être ici. Il y a des magasins de guitares. Des parcmètres. Des scooters garés sur le trottoir. Il y a des annonces sur les portes des magasins de guitares. Des annonces sur les parcmètres. Des affichettes sur les murs. Et elle ? Elle indique sur la sonnette le nom d'un homme à côté du sien. Son mari. Évidemment elle est mariée. Organisée. Elle danse dans des lieux médiocres, elle rit avec le patron et elle dit des choses comme « On ne se croise jamais dans le quartier et là c'est la deuxième fois de la journée ! ». Son mari s'appelle Antoine. Serge lève la tête, il regarde la façade grise derrière laquelle se cachent Antoine et Suzanne, et il a envie de lancer des pierres, de leur demander de se montrer, est-ce qu'il va bien avec elle, Antoine ? Il ne danse pas, Antoine. Ou il voyage. Il est pianiste, peut-être, il n'a pas réussi et elle continue à l'encourager parce que c'est ce que font les femmes gentilles et peu exigeantes, et c'est elle qui paye le loyer la plupart du temps. Serge veut partir. Quitter la rue dans laquelle le soleil n'est pas encore descendu. Sa présence lui semble une effraction, un acte totalement déplacé. Mais il ne part pas. Il pousse la porte du 18, rue de Douai. La porte ne s'ouvre pas, il faut un code, évidemment. Qu'est-ce qu'il croit ? Serge s'adosse contre le mur crasseux et il se demande ce qu'il croit, ce qui se passe, est-ce que cette femme lui doit quelque chose, d'une façon ou d'une autre, est-ce qu'ils se connaissent, elle appartient peut-être à une partie de sa vie, à leur âge ce serait possible, mais quelle vie ? Elle n'est pas de son monde, ni celui d'hier ni celui d'aujourd'hui, elle est tout ce qu'il ne connaît pas, elle ressemble à une femme que l'on peut confondre, quelqu'un que l'on croise sur le chemin de l'école ou à la boulangerie, une simple passante. Il pousse la porte encore une fois. Il tente un code idiot : « 0000A ». Puis : « 007 ». Il guette un habitant. Qui entrerait. Sortirait. Il compte. Jusqu'à 10. À 10 quelqu'un viendra et ouvrira. Mais ça ne marche pas. Il compte jusqu'à 30. Jusqu'à 100. À 100, la porte s'ouvre.

Toute la journée, il attend. Il sait qu'une femme comme elle rentre chez elle, le soir. Que ferait-elle d'autre ? Elle accorde des pianos et le soir elle rentre au 18, rue de Douai. Il ne fait rien d'autre qu'attendre. C'est un renversement brutal, une délivrance de ces heures habituellement menées au bord de l'asphyxie. Son téléphone est éteint, comme s'il était encore dans sa voiture, mais il n'écoute pas Mozart, il *perd* sa journée et cela demande une véritable attention, il a ouvert le poing et entre ses doigts, l'air coule et se disperse. Il veut voir de ses propres yeux, constater, qui est Suzanne. Il fume un peu en l'attendant dans la cour pavée et heureusement il n'y a pas de concierge et personne ne lui pose de questions, il ressemble à un homme indéracinable, sans influence possible.

Soudain, dans l'après-midi, le ciel est gris comme la mer, électrique et froid, il devient brutal et la foudre cogne sur Paris. Des coups de gong sans écho. Serge s'abrite sous le porche quand la pluie tombe, violente et serrée, et il sait que Suzanne va venir. Elle est en train de rentrer, avec sa mallette et ses baskets, son air de femme qui travaille depuis tant d'années, et que rien n'arrête. Il le sait, c'est comme ça. Une certitude. Elle va venir avec la pluie, c'est tout. L'odeur de la terre mouillée monte de la cour, et c'est l'automne. La boue émerge d'entre les pavés, le vent rabat la pluie sous le porche, très vite Serge est trempé, des lumières s'allument dans les appartements, et puis c'est elle. Suzanne. Elle pousse la porte en bois et il la reconnaît, et elle le reconnaît aussi. Elle le salue avec une pointe de surprise, et continue son chemin. Elle tient un parapluie fermé, et ses cheveux qui collent à son front lui donnent un air ancien, un air d'accroche-cœur, son mascara a coulé, elle a deux cernes noirs sous les yeux. Mais quel âge a-t-elle, se demande Serge et il la trouve laide, et petite, encore plus petite que la veille, plus petite que dans son souvenir, elle éternue en entrant dans le hall et son éternuement résonne dans la cage d'escalier, Serge la suit, alors elle se retourne, passe sa main sous son nez, renifle un peu et lui demande :

– Vous êtes le mari de Lucie, n'est-ce pas ?

– Je devais faire visiter mais… avec cette pluie.

– Visiter ?

– Un appartement. Je suis… c'est mon métier.

– Il y a un appartement à vendre dans l'immeuble ?

– Non.

Elle le regarde un court instant, ses yeux sont noirs, vifs comme ceux des enfants des rues. Elle ressemble à un animal faussement docile dont la sauvagerie est en sommeil, c'est une femme d'instinct. Elle envoie à Serge un sourire pressé, puis elle passe devant lui et monte les escaliers après lui avoir demandé de saluer Lucie. Serge entend ses pas, les baskets gorgées d'eau sur le tapis rouge et vert qui recouvre les marches en bois usé. Est-ce que c'est cette femme qu'il a attendue tout le jour ? Cette femme qui l'a empêché de dormir cette nuit ? Est-ce qu'il a perdu tout jugement ? Tout sens de l'esthétique ? Est-ce qu'il est malade ? Il agrippe la rampe avec violence et il court les cinq étages, rattrape Suzanne au moment où elle ouvre sa porte, il est à bout de souffle, et en colère. Elle l'invite à entrer.

Il entre chez elle, comme s'il n'y avait pas d'autre lieu où se mettre à l'abri. Elle lui propose du thé, un café, du vin peut-être, il veut du vin, elle le regarde le boire, vite, sans le goûter, on dirait qu'il veut s'en débarrasser, qu'il est terriblement contrarié. Elle le regarde en silence et elle voit une goutte de pluie descendre de sa joue et glisser dans son cou, comme une perle, son cou où la veine bat fort, près de la pomme d'Adam, saillante. Il se passe du temps avant qu'il parle, sa voix est enrouée, il a peut-être pris froid, il est trempé.

– Vous l'avez déjà entendu jouer du piano, mon fils ? Il est doué ?

– Je ne l'ai jamais entendu, non.

– C'est sa mère, je crois, qui veut, lui… Lui il n'en a pas vraiment envie.

– Ça arrive.

– Bien sûr. Tout le temps. Vous devez voir ça tout le temps. Non ?

– Non.

Il regarde un peu la pièce, ça ne ressemble à rien de ce qu'il connaît, il a peut-être vu ce genre d'appartement quand il était étudiant, et encore, ça n'était jamais si gris, mais sûrement quand il fait beau les pièces doivent paraître moins anciennes, ou peut-être c'est ce qui va le mieux à ce lieu sans confort : la pluie qui vient d'un ciel sans lumière, cette intuition qu'il vaut mieux ne pas sortir.

– Les gammes, quand on n'est pas doué, je veux dire, quand on débute, c'est ingrat. Surtout pour les autres.

– C'est répétitif, oui.

– Il paraît que le pire, c'est le violon, les exercices des débutants au violon, comme... une sirène... un égorgement... C'est ce qu'on dit.

Elle lui sert du vin encore, il le boit lentement, adossé à la chaise, et sa main tremble un peu quand il repose son verre.

– Il n'y a pas de piano chez vous, c'est étrange.

– Non. Il n'y a pas de piano.

Il y a une franchise nouvelle en lui, quelque chose de simple et d'incertain, et sa présence semble naturelle, comme s'il n'avait pas suivi Suzanne mais qu'elle l'avait elle-même invité à venir prendre un verre. Elle ne fait pas la conversation. Elle le regarde et elle attend. Dehors il ne pleut plus, on entend l'eau chuter des gouttières et les oiseaux déjà, leurs piaillements aigus et leurs vols désordonnés dans les platanes de la cour.

Serge a envie d'ouvrir la fenêtre, laisser l'odeur de la terre monter jusqu'à l'appartement, envie d'un troisième verre de vin, mais il dit Maintenant il faut que je parte. Il part. Et c'est comme ça que cette histoire commence.

Serge voit la rue de Douai, par la porte entrouverte. La rue qui continue à vivre, malgré la force de l'orage qui a eu lieu, et il est le seul sûrement à sentir à quel point tout a changé. Il regarde ce monde auquel il s'est soustrait, et il se tient là, à l'orée de la rue, sans y aller. Quelque chose l'appelle, qu'il ne saurait nommer. Une envie de danger, une envie d'oubli de la ville, d'oubli des vitres teintées, sa vie maquillée. Juste un peu, sortir de l'ornière. Y revenir après. Et ne plus y penser. Voilà. C'est l'histoire d'une heure… Même pas. C'est comme visiter un pays étranger, avec la petite joie sourde de savoir qu'on ne l'habitera jamais et qu'on n'en prend que le meilleur, une nouveauté de passage.

Il regarde les trottoirs mouillés, jamais lavés, les égouts qui bouillonnent et les pneus des voitures dans l'eau sale… il referme la porte. Il n'ira pas, c'est trop tard. C'est décidé.

Il monte au cinquième étage, encore, il sonne longuement chez Suzanne, sans ôter son doigt de la sonnette, jusqu'à ce qu'elle ouvre la porte.

Il devrait, à ce moment-là, être viril. Ce devrait être la situation, un homme sonne à une porte et il sait ce qu'il veut, il est sans doute aucun. Mais pas lui. Il regarde cette femme, son geste arrêté, la serviette avec laquelle elle sèche ses cheveux, son regard étonné qui se plante dans le sien et attend une réponse, et comprend. Elle pose la serviette sur les cheveux de Serge, frotte un peu son crâne, doucement, et elle dit Vous devez avoir froid, avec une voix si basse, nouvelle pour elle, et qui la surprend un peu. Serge sent son odeur de femme qui a couru sous la pluie, elle frotte son crâne comme si elle avait deviné que c'est là que se logent toutes ses douleurs, ses insupportables migraines et ses fureurs. Il ferme les yeux et ses épaules se relâchent, il lui semble qu'il respire mieux, qu'une inquiétude se finit. Il la prend dans ses bras, sans y avoir pensé, la serre contre lui comme s'il la connaissait depuis si longtemps et qu'ils allaient se séparer, comme si soudain la conscience était insoutenable, de tout ce qu'on ne retient pas, tout ce que l'on perd. Les amis. La jeunesse. Les parents. Les amours. La vie. C'est parce que Serge sait que tout s'évanouit autour de lui qu'il serre Suzanne si fort, et puis il ose, tenir son visage dans ses mains et la regarder. Il voudrait que cela soit simple, et entre ses mains, ses doigts courts qu'il n'aime pas, le visage de Suzanne est réduit à ses yeux, noirs, brûlants, agrandis par cette peur légère qu'elle ressent maintenant, car elle voit, dans son regard à lui, qu'il n'y a rien à expliquer. Alors doucement Serge pose son visage contre le sien, et il l'embrasse avec une infinie précaution, car c'est ici que tout commence et ils sont tous deux d'une force et d'une fragilité extrêmes. Et puis il rit un peu, la bouche contre la sienne, il sait qu'il a bien fait de l'attendre tout le jour, il a eu raison de croire à ce qui le tenait.

Ils font l'amour. Dans le lit du mari qui n'existe plus, car rien n'existe qui puisse être nommé. Et ils ne parlent pas, ils laissent cela se décider autrement, sans projet ni volonté, c'est une question de peau. Ils sont nus sans honte, et ils s'agrippent avec force l'un à l'autre comme si un ennemi guettait, debout, à la porte de la chambre. Ils sont dans le seul lieu qui vaille la peine de vivre, le seul lieu sans mots et sans retenue, la vérité. Serge entre en Suzanne et le respect est anéanti par la violence, c'est une détresse, un hommage, il est en elle avec fureur, entraîné et tenu par cette jouissance qui fait souffrir, et quand c'est fini, il tombe. Il pèse sur elle le poids d'un cheval mort. Le poids d'une vie trop lourde et il demande pardon, car Suzanne n'a pas partagé cette jouissance, rien n'aurait pu le retenir, aucune conscience, aucune autre vie que la sienne. Et pour une fois il s'est reconnu. Durant quelques secondes, c'était lui, il le sait.

– Pardon…

Il souffle cela dans son cou, ses cheveux emmêlés, et il se glisse hors d'elle, pour ne plus l'empêcher de respirer. Il pourrait dormir cent ans. Il pourrait rester sans conscience, flottant et s'évanouissant, plus rien à prouver, simplement dormir, de tout son corps. Mais elle prend sa main, doucement, la pose sur son sexe mouillé et fait entrer ses doigts en elle, elle n'est pas femme à se sacrifier, pense-t-il, à se satisfaire de peu, alors il lui donne ce qu'elle attend. Il l'entend. Pour la première fois. Elle pose son bras devant ses yeux quand elle crie, et mord sa main pour faire moins de bruit, il est étonné qu'elle pense à cela, les voisins derrière la cloison, ou peut-être n'a-t-elle pas l'habitude de son cri… Mais qu'est-ce qu'il croit ? Il est dans le lit du mari, et il a hâte de s'enfuir.

Elle ne demande rien. Elle ne parle pas, ne s'assied pas dans le lit pour le regarder s'habiller et partir. Elle s'est retournée et elle ferme les yeux, le visage sur l'oreiller. Il la regarde un peu tandis qu'il enfile en vitesse son pantalon, ses chaussettes mouillées, il la regarde pour ne pas voir la chambre conjugale, un peu pauvre, sans rien qui puisse laisser deviner ce qu'est ce couple, Suzanne et Antoine. Rien ne parle d'eux et Serge est un étranger. Un touriste plus que jamais. Il s'agenouille devant Suzanne, soulève de sa main épaisse ses cheveux humides, et il voit ses yeux noirs, ouverts si grands, de l'onyx pur, et la larme logée au coin de l'œil, la larme unique qui n'a pas coulé, cela est effrayant, cette goutte de douleur qui stagne comme ça, à l'arête de son nez. Il a un peu peur d'elle maintenant, elle n'est pas la femme simple dont il a besoin, elle est comme les autres, compliquée, douloureuse, elle pleure après la jouissance. Il pose sa langue à l'arête de son nez, voilà, il emportera cela, ce petit goût de sel, c'est le goût des femmes. Qu'est-ce qu'il doit dire maintenant ? Pas Merci, tout de même, cela serait grossier, pas À bientôt, cela serait mentir, Bonne soirée, quelle ironie, il sait ce qu'il lui laisse, le lit à refaire, la douche à prendre, le verre de vin à laver…

– Au revoir, dit Suzanne.

Il hoche la tête pour répondre… Ça c'est bien… Au revoir… Il le dit intérieurement : Au revoir… Puis il sort, sur la pointe des pieds, il ignore pourquoi, il se fait discret comme un voleur.

Quel soulagement le soir, de retrouver Lucie, les enfants, la maison, et mentir est presque bon, Serge a l'impression que tout s'efface quand il dit à sa femme qu'à cause du dégât des eaux au dernier étage, au lieu de vendre comme convenu l'appartement du troisième, il a passé la journée avec les assureurs.

– Mais quelle idée tu as eue, dit Lucie, d'acheter près de la place Clichy, qu'est-ce qui t'arrive ?

Qu'est-ce qui m'arrive, se demande Serge, et il lui tend son verre pour un deuxième whisky.

– Tu as raison, je me suis laissé attendrir par cette… la fille de Mme Jeanin, tu sais ? Ah ben non, tu sais pas, Mme Jeanin, je m'occupe de son immeuble avenue de Breteuil, et voilà que sa fille, qui est mariée avec cette espèce d'abruti…

– Oh mais Serge ! Tu me casses la tête, mon amour !

Elle a raison Lucie, pourquoi tous ces détails, c'est cela qui est inhabituel, les explications, c'est presque un aveu de mensonge cette histoire rasoir, alors Serge va à la cuisine goûter les plats, va dans la salle de bain se passer de l'eau sur le visage, va dans la chambre de Chloé et s'assied à côté d'elle sur la moquette rose, Barbie se prépare à aller au karaoké.

– Elle est jolie tu trouves, avec sa jupe qui tourne ? Regarde, papa, comme elle tourne.

– Ah oui… Elle est très jolie.

– Tu le fais avec moi, le karaoké, tu prends Ken ?

C'est fou ce qu'elle ressemble à sa mère, même front bombé, mêmes yeux bleus, heureusement qu'elle n'a rien pris de lui, comme on dit, ses lèvres trop fines, ses yeux marron, ça n'irait pas pour une fille. Il pose un baiser sur sa joue rose, sa petite fille est aussi neuve et propre que sa chambre, il ne faut pas penser à ce que le temps en fera.

Dans le couloir il voit par la porte entrouverte Théo assis à son bureau, concentré, les sourcils froncés. Il lui ressemble, lui, c'est effrayant, il a déjà cet air de savoir trop de choses. Serge le regarde un instant, Souris un peu ! pense-t-il, Amuse-toi, fais comme ta mère et ta sœur, bon Dieu ! L'enfant s'est retourné et regarde son père, alors Serge lui envoie un tout petit signe de la main, comme on le fait à un voisin avec qui on craint d'initier une conversation, il marque sa présence, sans engagement. Théo lui sourit et attend, Serge voit qu'il a aussitôt masqué de son bras la page sur laquelle il était en train d'écrire. Il hoche la tête avec un sourire de vendeur immobilier et s'éloigne aussi vite qu'il le peut. Penché sur son calendrier, Théo hésite à faire une croix à la date du jour, car son vœu ne s'est pas réalisé, alors il en propose un autre, il raye « Apprendre en cachette » et écrit « Jouer à cache-cache ». Puis il va demander une partie à Chloé, afin que son vœu stupide se réalise et qu'il puisse faire sa croix. Tant pis pour la *Lettre à Élise*. Qui voudrait l'entendre, de toute façon ?

Le cafard le prend bêtement, à table. Serge regarde les œufs de saumon et les toasts, le sancerre, les verres en cristal, et il demande à Lucie ce qu'elle a fait aujourd'hui. Elle envoie sa main devant son visage, et elle raconte en riant un peu, cet orage, elle était garée en double file, des sacs plein les bras, Non mais tu n'imagines pas, ce chien, là, ce chien énorme qui s'ébroue devant moi, et il ressemblait tellement, mais tellement au chien de grand-père tu sais, j'ai eu envie de le caresser !

– Ah… Et tu l'as caressé, alors ?

Elle éclate de rire, elle est belle, Dieu qu'elle est belle, Serge a la gorge serrée.

– Oui ! J'ai posé les paquets par terre, sur le trottoir trempé. Ah non, tu sais, c'était Gribouille mais vraiment, même gueule, mêmes yeux… Tu m'écoutes ? Serge, tu m'écoutes ?

Ce serait plus simple si elle était moins belle, non ? Moins jeune, moins gaie, moins la mère de ses enfants. Et pourquoi est-elle heureuse de tout ? Pourquoi ne lui avoue-t-elle pas au moins une fois qu'elle s'est emmerdée, qu'elle ressemble à toutes les autres femmes qui détestent une journée shopping gâchée par la pluie ? Que peut-on dire à quelqu'un qui considère chaque jour qui vient comme une surprise inattendue, quand soi-même on ne demande qu'une chose : marcher juste *à côté* de sa propre existence ? Sait-elle que lorsqu'elle lui dit au revoir le matin, il lui en veut ? Simplement parce qu'il voudrait faire comme elle : se dire au revoir et se quitter lui-même ? Au moins pour quelques heures ? Mais non, c'est lui, c'est toujours lui qui monte dans sa voiture de luxe, direction avenue Mandel.

– Serge ? Mais à quoi tu penses ? Tu veux que Simone te prépare autre chose ?

Il lui prend la main, la force à se lever, l'emmène dans la chambre, elle murmure, ravie « Mais Simone ? Serge... ! ». Et il lui fait l'amour doucement, respectueusement, comme il ne l'a pas fait à Suzanne, il maîtrise sa jouissance et la sienne, il la regarde, ce corps lisse, parfumé, souple... Il a envie de hurler. Il n'a jamais mérité tout cela. Il est un enfant sauvage déguisé en petit marquis. Un menteur déguisé en prince charmant.

Après l'amour il se lève. Il a plusieurs odeurs de femmes sur les mains, et il est triste et si fatigué. Il entrouvre la porte de son fils, jette un œil, Théo dort, alors Serge entre et s'assied sur son lit. C'est lui, pense-t-il, c'est mon fils. Il regarde le front si lisse, la marque du drap sur la joue, les lèvres closes, comment peut-on dormir la bouche fermée ? Pourquoi Théo fait-il cela ? Et instinctivement il regarde ses mains, persuadé que ses poings aussi sont fermés, mais non, Théo a les mains ouvertes, quelle énigme, tous ces doigts, Lucie les a comptés quand il est né, et les orteils aussi, et puis elle a pleuré parce que les oreilles étaient « si parfaites ». Lui se demandait comment un être de cinquante centimètres pouvait avoir autant de puissance, et il a compris pourquoi il n'en avait jamais voulu, il a su d'emblée que les cinquante centimètres renfermaient une vie, et une autre avant lui, et puis encore une autre avant, tout était inscrit depuis des générations, au fond de chaque cellule qui allait se multiplier au point que les quelques centimètres se développeraient sur des mois, des années, immenses, inévitables, la réalité en pleine gueule. Ce soir son fils se retient encore, il n'a pas fini de grandir et il garde la bouche fermée, mais bientôt… « De toute façon, murmure Serge sans plus le regarder, on est tout seuls, il va falloir t'habituer à ça… C'est tout. »

Il sort de la chambre, et il entend Lucie parler avec Simone, comme chaque soir elle donne les instructions du lendemain, elle n'a pas la voix d'une femme qui vient de faire l'amour. « Et cette fois, s'il n'est pas arrivé à faire revenir le costume de monsieur alors là, je vous le dis : on change de pressing ! Ne perdez pas le ticket, hein ? »

Ainsi la soirée est pleine d'hommes et de femmes qui ont baisé dans la journée et qui n'en gardent rien. On prend sa douche après, comme on se lave les mains après avoir pissé et on passe à autre chose, on se « reprend ». Est-ce que Suzanne s'est reprise ? Est-ce qu'elle a entraîné son mari dans la chambre pour remettre les choses en ordre ? Serge sort son portable. Il appelle chez elle, le seul numéro qu'il ait. Si c'est le mari, pense-t-il, si c'est Antoine... Mais c'est elle qui répond, de sa voix qu'il connaît à peine et dans laquelle il ne peut rien lire.

– C'est moi, dit-il, c'est Serge.

– Oh... Vous allez bien ?

– Je voulais savoir. Oui, je vous remercie je vais bien.

– Vous vouliez savoir ?

– Est-ce que quelque chose a changé ? Pour vous ?

Il entend la télé en arrière-fond, un match apparemment.

– Est-ce que ça va continuer ? elle demande. Est-ce que vous allez revenir ?

– Non.

– Alors ça ne change rien. Bonsoir.

Elle raccroche et Serge a l'impression qu'elle lui a claqué la porte au nez. Avec sa voix basse et si polie. Il allume la télé, France/Roumanie, comment a-t-il pu oublier ? Le Stade de France est plein à craquer, les services de sécurité sont sur les dents, Suzanne lui a demandé s'il allait revenir, mais qu'est-ce qu'elle imagine ? Le début d'une liaison ? Une histoire ?

– Pourquoi tu ris ?

Lucie s'assied à ses côtés.

– Moi ? Oh, c'est à cause d'un… malentendu.

– Un malentendu ? Dans un match de foot ?

– Ben oui ! Le présentateur a fait un lapsus, ça arrive.

– T'énerve pas !

– Je m'énerve pas, j'ai peur qu'on soit pas qualifiés pour l'Euro 2012, c'est tout…

– Je te sers un cognac ?

Il accepte le cognac, avec cette pointe de rancune qu'il ressent maintenant pour elle, qui ne s'aperçoit de rien, qui ne lui reproche pas sa muflerie, le match à la télé après l'amour. Pas pire après tout que d'aller discuter pressing avec l'employée de maison. Un couple de parvenus, voilà ce qu'ils sont, deux hypocrites. À quoi pensent les femmes quand elles font l'amour ? Quels fantasmes les entraînent vers la jouissance ? Combien est-on dans ces putains de lits conjugaux ? Soudain, il la revoit, elle, sa mère. Cette image d'elle le fait se lever d'un bond. Elle croyait que le mensonge pouvait cesser. Elle était la grande et éternelle amoureuse. Il ne faut pas y penser. Jamais.

Il sort. Il part marcher dans les ruelles de Montmartre, pleines de fraîcheur et de boue, le vent balance des gouttelettes, il est tout seul, libre dans la nuit, soustrait à sa maison, sa femme, ses enfants, toutes ces possessions ! Il comprend les fous qui se baladent à poil et hurlent sous la lune, il comprend les chats qui copulent sur les toits, les travelos qui tapinent, et ceux qui se noient sous des litres d'alcool, tous ceux qui osent sans pudeur, qui tentent le tout pour le tout, sans mesure, sans calcul et sans prévision d'avenir. Le pressing du lendemain… Une vie sans tache.

Et puis étrangement, il a ce regard nouveau sur les femmes, il les observe, derrière les vitres teintées de la voiture de luxe, il baisse le son parfois, Mozart est en arrière-plan. Au premier plan il y a ces femmes qui paraissent déterminées, distraites, soucieuses, heureuses, elles ont le vent avec elles, dans leurs cheveux, sous leurs jupes, elles ont quarante, cinquante, soixante ans, et marchent comme si elles n'avaient jamais eu besoin de personne, et pour la première fois Serge se demande où elles vont, combien ont des secrets érotiques, des tragédies enfouies, si elles prennent sur elles, si on prend soin d'elles, à quel moment elles tombent de fatigue, combien de pensées elles peuvent avoir en même temps, combien d'enfants, combien d'amants. C'est effrayant. Tout est possible. Il s'arrête un matin à l'arrêt du bus en haut de la rue Blanche, il baisse sa vitre et demande à une femme s'il peut la déposer quelque part. Elle avait l'air pressée, il l'a vue regarder sa montre. Elle éclate de rire, ne prend pas la peine de lui répondre, tourne la tête et parle aussitôt avec une autre, peut-être de lui, il a honte, quelle méprise, de quoi a-t-il l'air, il s'enfuit, Mozart à fond, la honte aux joues. À l'agence il demande à sa secrétaire, Mme Espérandieu, à quel moment elle fait ses courses, et est-ce qu'elle ne voudrait pas avoir ses samedis. Mme Espérandieu plisse les yeux et cherche à comprendre ce que cela cache… « Vous restructurez l'agence ? » Il dit que non, c'était juste pour savoir.

Pour la première fois il les épie, il les écoute. La cliente du bar-tabac qui divorce et dont le mari a préféré lâcher son travail plutôt que de verser une pension alimentaire pour leurs enfants, l'orthodontiste qui a pris sa mère âgée chez elle et la sait malheureuse maintenant, perdue et désemparée, la caissière de la station-service qui a un fils de seize ans, elle dit qu'il n'articule même plus pour dire Bonjour, qu'il articulait mieux à trois ans, elle le comprenait mieux quand il avait trois ans, « Et il était si joli ! ». La femme à la table d'à côté au *Cottage*, qui rit au téléphone, parce qu'un homme lui plaît et qu'il l'a appelée « ma petite puce », elle a cinquante-trois ans mais elle demande si ce n'est pas un signe. Il est un peu amoureux, non ?

Serge, lui, a soixante ans. Et il pense que les Anglais ont raison : « *I am sixty* », je *suis* soixante ans, je suis chacune de ces soixante années, je les ai en moi et ça m'appartient. Soixante années, c'est moi.

Et il revoit Suzanne. Son bras cachant son visage. Il y pense de plus en plus souvent. Il imagine qu'il ôte son bras de devant son visage, et qu'il la regarde.

Je me suis cachée, je me suis mise de côté, pendant un certain temps. Dix-sept jours, exactement, jusqu'à ce que Serge revienne. J'étais en « pilote automatique », disait Mathieu, qui trouvait que je manquais de colère. (Je ne râlais plus quand il arrivait en retard, je ne l'attendais plus, il me rejoignait au Conservatoire et je ne disais rien.) J'étais habitée par une femme consciencieuse qui faisait tout à ma place : elle se levait, préparait le petit déjeuner, partait au boulot et revenait. J'écoutais les pianos comme Antoine écoute les moteurs des voitures, au garage de La Garenne-Colombes. Je faisais mon job. J'avais intégré tant de réflexes de survie que tout était simple : je savais éteindre une casserole en train de brûler, reculer brusquement quand une voiture manquait de m'écraser, je savais dire Oui à Antoine quand il voulait faire l'amour, je me maquillais même, quand nous sortions, je me taisais quand j'étais sur le point de crier, car je suis une femme civilisée, gentille, bien élevée, aimante et responsable. Comme les autres. Celles qui, au lieu de lâcher, de s'envoler comme des ballons sans ficelle, celles qui au lieu de dériver, disent Merci. Tout va bien, je vous remercie. Qu'est-ce que tu veux manger ? Qu'est-ce que tu veux faire ? Est-ce que tu veux sortir ? Rentrer ? Allumer la télé ? Éteindre la télé ? Tout va bien, mais je ne sais pas pourquoi cet appartement est si sombre, c'est du combien les ampoules ? Ça a toujours été comme ça, tu es sûr ? Ah... Par contre la salle de bain, quel changement, oh oui ça me fait plaisir, ces grosses fleurs sur le blanc cassé, merci, ah tu commences un nouveau puzzle, *Les Nymphéas*, quelle audace, oui j'ai vu ça moi aussi, un *G20* qui ouvre dans le quartier, oh c'est pas mal un peu de concurrence à *Félix Potin*, pardon ? Ça n'existe plus *Félix Potin* tu as raison, oui je suis dans la lune ! Distraite, tu trouves ? Pourtant je fais mon possible, je me concentre, je rentre chaque soir dans cet appartement qui sent le cuir brûlé et le café, qui sent ce que les voisins font à manger, qui sent les jours qui passent et s'amoncellent comme du linge sale, sans forme, sans nouveauté, et est-ce que cela n'est pas la plus grande des injustices, qu'un homme, un inconnu, frappe à votre porte et en une heure à peine, renverse votre vie ?

Et un matin, il fait si froid, c'est beau, il y a du givre au bord des fenêtres, Serge regarde le jardin comme une photo bordée de blanc, encadrée par ce givre. Il sort saluer son tilleul, il le flatte comme on flatte la croupe d'un cheval, laisse la main sur son écorce et dit « C'est ce que je vais faire, c'est ce qu'elle aurait fait. Il faut déchirer le voile. Déplacer le saccage. Oui, au lieu d'être bouffé de l'intérieur, je vais tout saccager autour… Elle avait raison, ma mère, il faut vivre. » Il sent un plaid posé sur ses épaules, il se retourne.

– Tu vas attraper la mort, dit Lucie. J'ai empêché Chloé de te suivre : pieds nus sur l'herbe gelée...

Et elle le tient serré contre elle pour rentrer à la maison, il ressemble à un homme qui sort de l'eau, avec ce plaid posé sur ses épaules un peu voûtées. Dans la cuisine, Chloé boit son bol de lait, elle lui sourit de toute sa moustache blanche :

– Tu fais des bêtises, papa ?

– Oui, dit Lucie, papa te montre ce qu'il ne faut pas

faire. À moins de vouloir tomber malade. Dépêche-toi, je mets mon manteau et on y va.

Chloé rit de son rire enroué du matin, une mèche de cheveux mouillée de lait, près de sa bouche.

– Tu veux jouer à un, deux, trois soleil, papa ?

– Ce soir, si tu veux.

– La maîtresse dit que les arbres ont plus du tout de feuilles l'hiver pour pas attraper le froid, c'est vrai ?

– C'est vrai, dépêche-toi ma chérie, ta mère t'attend.

Chloé se laisse glisser de la chaise, retire sa serviette et embrasse Serge, un baiser mouillé, sur la pointe des pieds.

– Et elle a dit aussi que les arbres, les vieux, tu vois, eh ben ils respirent moins que les jeunes.

– File, je te dis !

C'est presque rien, mais Serge le sent. Il n'a pas besoin de se retourner pour savoir qu'il est là. Son fils. Son espion. Il frappe du poing sur la table, le bol de Chloé se renverse. Le petit a compris. Serge entend ses pas qui s'éloignent, la voix de Lucie, la porte d'entrée qui se referme. Leurs pas prudents dans le jardin. Et puis plus rien.

Maintenant que c'est décidé, Serge n'est pas pressé. Il est presque calme, et triste aussi, car pour qu'une nouvelle vie émerge, il faut bien qu'une autre meure. Il est impossible de rester là, comme avant, impossible de continuer à étouffer le désir. Il n'a pas l'habitude de suivre ses intuitions, il s'est toujours méfié de ces pensées trop libres. Aujourd'hui il se dit qu'il en a assez de vivre une vie de coton, de moquette et de sourdine. Il a souvent pensé qu'être lui-même équivaudrait à être fou. Aujourd'hui il se dit qu'être lui-même avec Suzanne équivaudrait à jouir pleinement de cette folie, et il ignore pourquoi. C'est aussi inexplicable qu'une émotion donnée par un air d'opéra, une voix de soprano, ou le cri d'un oiseau, la nuit, qu'on ne connaît pas et qui au lieu de nous effrayer, nous rend heureux sans raison. Il n'y a aucune raison à chercher à ce soulèvement intérieur, c'est simple.

Il est 9 heures. Il appelle chez Suzanne. C'est Antoine qui répond. Serge s'en fiche. Il dit qu'il veut parler à l'accordeuse de piano, une urgence, un concert ce soir à Pleyel. Le mari note, puis se décourage :

– Vous n'avez pas son portable ? Je vous le donne, hein, ça sera plus pratique.

– Merci. Je vous écoute.

Et il écrit les chiffres magiques. Dit Au revoir à Antoine, Bonne journée Vous aussi Merci.

Il ne sait pas où se mettre, pour lui téléphoner. Simone passe l'aspirateur dans le salon, elle a ouvert les fenêtres, il fait un froid de canard, Serge s'éloigne, le couloir, les chambres. La chemise de nuit bleue de Lucie, sur le dossier du fauteuil. La chambre innocente et rose de Chloé. Il pousse la porte de la chambre de Théo. S'assied sur son lit, la couette de *La Guerre des étoiles*. Il appelle Suzanne. Sur la messagerie, elle a une voix distante, une voix d'accordeuse de piano qui reçoit l'appel des clients, c'est son portable professionnel sûrement, il n'est pas si naïf que ça le mari, et pourquoi le serait-il ? Pourquoi les êtres trompés, les êtres qui souffrent devraient-ils être naïfs ?

– Vous pourriez être à Pleyel ce soir ? Ou… tout à l'heure ? Enfin, non. Vous pourriez me rappeler ? C'est moi… je veux dire : c'est Serge. Bon… Je pense que mon numéro s'affiche… Voilà… Au revoir… Oui, au revoir alors… J'attends votre appel !

Il se lève. La couette de *La Guerre des étoiles* est toute froissée et les galaxies ressemblent à des cailloux brisés.

Et puis il se rend avenue Mandel. Il est dissocié de ses gestes, comme un accidenté. Il voit son corps conduire, entrer dans l'agence, parler et s'asseoir. Lui est au-dessus. Séparé. Il respire un air différent et son esprit est ailleurs, dans une émotion floue et exaltante. Il pense que cela se voit, cet accident. Tous vont se rendre compte que celui qui parle, celui qui vend, ordonne, ce n'est pas lui. Est-ce qu'ils le savent ? Ils sont devenus étrangement flous, et leurs voix sont des voix de tête, ils parlent comme on grince, pourquoi ne font-ils pas un effort pour s'accorder à la beauté nouvelle de cette journée ? Ils lui parlent d'actes notariés et de commissions, de plus-values et d'assurances, il sent que ces mots sont importants mais vidés pourtant, totalement inutiles. Être présent à l'agence est une dualité épuisante, et après trois heures de mensonges civilisés, il ferme la porte de son bureau et demande qu'on ne le dérange pas. Il écrit un SMS à Suzanne, très précis cette fois, car cela a assez duré. « Je vous attends impérativement à 18 heures au 49, rue Geoffroy-Saint-Hilaire », il supprime le « impérativement », et rajoute « à partir de », devant le « 18 heures », puis il précise : « Troisième étage porte gauche. Code A738. Ne sonnez pas la porte sera ouverte. »

Puis il sort. Il dit qu'il reviendra demain. Les employés déplorent ces migraines qui lui bouffent la vie et écourtent ses journées. Il marche dans Paris, vite, très vite d'abord, pour se délivrer de l'oppression, ce fantôme sur la poitrine, comme un cauchemar. Il chasse les démons en marchant, il ne veut aucun remords. Il a soixante ans de remords. Soixante ans d'un crime non expié et il entend le piano. Il voit son dos, presque transparent dans la lumière douce et la robe de mousseline jaune. Il voit ses mains qui couvrent une octave et demie, des doigts si longs qu'ils semblent des personnages. Il entend Liszt. C'est elle, sa mère, qui s'évadait dans la fureur de Liszt, et puis l'épuisement, le calme du nocturne, par moments, pour que renaisse l'espoir. « Ça s'appelle *Rêve d'amour.* » Il avait trouvé ce titre idiot quand elle le lui avait dit, il avait ri, du haut de ses huit ans, pauvre innocent, le rêve sais-tu ce que c'est ? L'irrévérence du rêve, sa totale absence de civilité, le lieu où jamais le mensonge n'a eu lieu ? Et Serge marche avec Liszt et son chaos, sa mère est cachée derrière la mousseline jaune, son dos souple et mouvant, il sent sa force, son rêve planté au cœur d'elle-même et qu'elle ne lâcha jamais, tandis que lui… Soixante ans de peur. Ça suffit.

Le 49, rue Geoffroy-Saint-Hilaire est à vendre. Serge aime cet immeuble en face du Jardin des Plantes, dans ce quartier dont on a fait disparaître la Bièvre, mais la rivière ensevelie vit encore, il le sait. Elle attend qu'on la délivre. C'est un quartier qui ne se rend pas, hanté par les folles de la Salpêtrière et les assassins de la place Maubert, un lieu où la mosquée côtoie les serres mexicaines, le métro aérien la grande volière, et la gare d'Austerlitz semble ne faire partir des trains qu'en rase campagne. C'est là que Serge attend Suzanne, dans un duplex vide qui donne sur le Jardin. Il pense qu'elle va venir. Elle est l'accordeuse, après tout. Elle sait lire dans les tons et les demi-tons, et elle a compris.

Il fait presque nuit et cela donne à son attente une note secrète, et un peu d'appréhension aussi. Il serait possible qu'elle ne vienne pas, pour une raison ou une autre, elle accorde peut-être réellement à Pleyel ce soir, elle fête l'anniversaire d'Antoine, ou bien elle voudra signifier à Serge qu'elle n'accepte pas d'ordre et elle lui fera faux bond sans même le prévenir. Mais ça ne veut rien dire ces suppositions, cette femme va venir, puisqu'il le sait rien ne peut lui donner tort.

Serge attend et il lui semble qu'un voile doucement, bat et s'entrouvre. C'est presque rien. Un petit vent qui se lève. Une couleur qui se déploie. Cela ressemble au souffle du dormeur juste avant l'entrée dans le sommeil, et n'a pas de rapport avec ce que sera son union avec Suzanne, le temps qui leur sera donné, cela a seulement à voir avec *lui*, comme s'il avait ôté un grand manteau et qu'il acceptait de marcher moins vite.

Il entend le pas de Suzanne dans l'escalier. Il sait que c'est ça qu'on nomme l'amour. Guetter le pas de l'autre dans l'escalier. Elle entre. Elle ne dit pas Bonjour, elle ne dit pas C'est moi, Il fait froid ici, non, elle se tient face à lui. Sans coquetterie. Sans complexes. Et alors il devient difficile de l'aborder. On pourrait la croire indifférente, s'il n'y avait dans son regard cette lumière brusque, elle a le calme de ceux qui ne s'éparpillent pas et vivent en concentration, retenus, prêts à courir. Serge ressent une appréhension terrible. Il est impossible de choisir un détour : il a *convoqué* cette femme dans un appartement vide. Ils ont fait l'amour une fois et il lui a ordonné de le rejoindre. Et maintenant, face à elle qui attend et ne dit rien, cela lui paraît brutal. Il lui semble qu'il ne sait plus rien, tant les gestes et les codes lui paraissent soudain déplacés. Elle ne joue pas le jeu, elle est là et c'est à prendre ou à laisser. Peut-être le plus simple serait d'être animal, la jeter sur le matelas au sol, se faire passer pour un homme pressé et à l'aise. S'il osait cela, elle éclaterait de rire, il en est certain, elle se moquerait de ce cliché à trois balles. Elle sourit un peu, et sans lâcher Serge du regard laisse tomber son sac à main, et cela fait un bruit énorme qui résonne dans la pièce sans meubles et sans rideaux, c'est un coup de gong. Le bruit du sac à terre.

Et bientôt ils sont ensemble, heureux qu'il n'y ait pas eu besoin de mots ni de préambules, heureux d'être si proches, et tendres aussi, car il y a une tendresse immense à accepter le désir de celui que l'on ne connaît pas, et ils choisissent la lenteur, la montée presque insupportable du plaisir, le temps qu'on ne bouscule plus, et qui se soumet. Cette lenteur pourrait leur faire peur. Car ils prennent le temps de se regarder. De se laisser regarder. C'est le plus terrible. Tant de sincérité. Et penchée au-dessus de Serge, enracinée à lui et tirée vers le ciel, Suzanne lui offre son visage déformé et son cri, il la voit déchirée et emportée, alors il la rejoint, il crie vers elle, il l'appelle sans mot.

Longtemps ils se tiennent enlacés, un peu parce qu'il fait froid, un peu parce qu'ils se rassurent, et ils sentent leurs respirations qui s'apaisent, et la vie qui s'écoule d'eux. Dans la paix de l'appartement, dans le souffle de Suzanne contre son oreille, Serge entend le nocturne de Liszt, aussi précisément que si on le jouait dans la pièce, contre le matelas posé par terre. Il entend distinctement l'hésitation des toutes premières notes, la répétition de la première phrase, il entend le souffle sur les touches et le souffle des silences. Alors il ose parler, pour la première fois, et sa voix résonne, un peu métallique dans la pièce nue :

– Pourquoi est-ce qu'il n'y a pas de piano chez toi ?

– Je ne suis pas douée.

– Je suis sûr que tu l'es.

– Qu'est-ce que ça peut faire ?

– Rien.

Il caresse son dos, lentement, et lui demande ce qu'elle cherche, quand elle accorde. Elle hésite. C'est difficile à dire.

– La note juste. L'équilibre… L'harmonie entre les notes, oui.

– C'est ton métier ? C'est ce que tu fais, toute la journée ?

– J'accorde le *la* quatrième à 440 Hz. Ou 442 Hz, enfin ça dépend… et puis quand le *la* est fixé…

– Le *la* quatrième à 440 ? Ou 442 ? Toute la journée ?

Elle murmure contre son oreille « toute la journée », et ils rient ensemble pour la première fois, et leurs corps l'un contre l'autre suivent le mouvement du rire, et cette complicité-là est plus réelle et bien plus dangereuse que tout autre lien.

Après c'est trop tard. Impossible de faire marche arrière, de continuer comme avant, impossible de ne pas voir à quel point ils entrent dans une ère nouvelle, vivent différemment, et pour autre chose. Ils reviennent souvent rue Geoffroy-Saint-Hilaire, cet appartement inhabité, invendu, et tout à eux. Sous l'immeuble il y a les deux bras de la Bièvre, Serge explique : « La Bièvre morte, et la Bièvre vive, tu comprends ? Et la morte rejoint la vive, quelque part, sous le boulevard. » Et c'est un mystère qu'il faut tenter d'imaginer, cette vie souterraine qui vient des siècles précédents et qui attend en secret, sous leurs pas.

Ils se retrouvent plusieurs fois par semaine, dès qu'ils le peuvent. C'est le centre de tout. C'est là que leur journée commence, même à 22 heures, et ils se rejoignent, avec la conscience aiguë du privilège et de la perte possible. Ils savent, sans le dire, qu'ils ont peu de temps. Parfois ils déposent dans ce lieu des objets, un livre échappé d'un sac, des bougies, des draps, des cailloux que Suzanne garde au fond de ses poches, et puis petit à petit, forcément, cela devient leur histoire. Et les mots qui avaient si peu d'espace, au début, deviennent un lien. Cela commence doucement, presque rien : « Tu es né où ? Tu aimes ce compositeur ? Cette symphonie ? Quelle chanson idiote te fait pleurer ? » Et puis les mots deviennent un piège : « À quoi rêvais-tu à quinze ans ? Quel est ton plus beau souvenir ? Le pire ? Quel est ton coin de paradis, le lieu où tu aimerais m'emmener, où tu aimerais mourir, ta hantise, ta plus belle joie ? »

Serge ment.

Et Suzanne le voit.

Un jour, elle lui dit. Tu mens, je le sais. Elle dit aussi que lorsqu'il ment il a toujours l'air de souffrir un peu, son regard fait un petit détour, du côté de l'effarement, et il lui raconte des bobards.

– Tu me racontes des bobards.

– Ça t'ennuie ?

– Ça n'est pas juste. Je ne t'en raconte pas, moi.

– C'est parce que tu as de la chance.

– Peut-être.

Alors ils choisissent de se taire. Mais ce n'est pas le silence d'une complicité heureuse, c'est le mur du silence, auquel se heurte le besoin de partage. Au début ils font mine de ne pas y prendre garde, ils laissent leurs corps les guider, mais parfois leurs élans sont pris dans la glace de tout ce qui est tu. Ils se tiennent l'un contre l'autre et ils craignent la tristesse, cette ennemie qui attend son heure. Comment faire pour empêcher cela ?

C'est un amour qui ne sort pas de ce duplex et la chambre parfois leur ressemble, c'est une chambre de passage un peu dépareillée, le désordre est joyeux, les traces d'un amour heureux ; les bouteilles de champagne près du matelas, les vêtements au sol, sont les seuls signes d'une vie cernée par d'immenses pièces vides dans lesquelles ils ne vont jamais et qui les entourent d'un silence ironique. La résonance de leurs pas dans le couloir nu à l'odeur de colle et de plâtre, ils préfèrent ne pas l'entendre et entrent toujours très vite dans la chambre qui parfois leur ressemble. Il y a tant de façons de s'aimer, et ce désir qui se nourrit de lui-même, qui se renouvelle à peine assouvi, les accapare tout entiers. Ce qu'ils ont laissé avant de venir, ce qu'ils rejoignent quand ils se quittent, ils n'en parlent pas. Ils le savent. Il n'est question que de l'instant partagé. Le reste est un décor, celui d'une vie familiale qui ressemble à une position sociale.

Un matin ils se retrouvent très tôt, Serge a prétexté un jogging et il est venu en survêtement. Pour la première fois il ne porte pas devant Suzanne le costume dans lequel tous sont autorisés à le voir. Dans ce survêtement il est tel que sa famille le connaît. Il sort à l'instant de sa maison, de sa chambre, de son lit. C'est insupportable. Il le comprend quand il retrouve Suzanne, son regard effrayé par cette intimité qui vient d'ailleurs, et ils ne font pas l'amour ce matin-là, ils se taisent et se rendorment un peu, enlacés et les mains glacées, puis chacun s'en va de son côté, désorienté comme une personne grippée qui rêve de solitude et d'isolement.

Et puis il y a ce soir un peu indolent et doux, où brûlent des bougies dans la chambre qui leur ressemble comme jamais. Au-dehors le soleil s'efface dans des gris brouillés de rose aux dimensions des hautes fenêtres derrière lesquelles ils se protègent. C'est une proposition unique, ils ne reverront jamais ce ciel, jamais ces couleurs dans cet instant-là, avec leur amour heureux sur le matelas minable. Quand le soleil a disparu tout à fait, l'éclat mouvant des bougies tremble sans faillir et ils font l'amour avec un peu de chagrin, et c'est bon. Serge s'étonne que Suzanne s'endorme si vite après, il oublie souvent ses journées qui commencent tôt et les longues marches dans Paris. Il reste éveillé, la chambre flotte dans la lueur des bougies, sa vue se brouille et alors que la bouche de Suzanne bave un peu contre son cou et qu'il en sourit, étonné du bouleversement qu'il en ressent, il voit l'enfant, debout sur le seuil. Au début il n'y croit pas. Il ferme les yeux et les rouvre. L'enfant est toujours là, immobile et muet. Serge repousse lentement Suzanne et la recouvre du drap, il s'assied sur le lit. L'enfant le fixe de son regard incrédule. Serge lui dit Ça n'est pas ta place, tu sais, vraiment… Ça n'est pas ta place. Mais l'enfant est gelé. Il ne s'en va pas. Le cœur de Serge bat fort et son crâne le brûle, ses mains tremblent quand il fait signe au petit de dégager. Mais le petit ne dégage pas. C'est la faute de Suzanne, Serge le sait. La faute à la sincérité de son amour. Son amour qu'il vient d'empoisonner, tandis qu'elle dort contre lui.

Il y a les mensonges à Antoine, les mensonges à Lucie, comme une distraction assassine, la poussière sous le tapis, J'y penserai plus tard, c'est ce qu'ils se disent, consacrés qu'ils sont à leur amour. Ils ont hâte de se retrouver mais il y a cette légère sensation de gâchis, déjà, cette injustice que ce qui pourrait être si beau, cette envolée, soit ramenée à terre. Un soir qu'il l'attend dans le duplex, Serge désire soudainement que Suzanne ne vienne pas, il a peur de ce souhait qui vient de surgir, c'est comme le signe, très léger, d'une maladie, le grain de beauté qui vous menace, la petite tache sur la peau, ce pourrait être rien si on n'y faisait pas attention, mais comment nier qu'il a eu ce souhait furtif et malin : qu'elle ne vienne pas ? Ce serait inévitable et il pourrait lui en vouloir, et être malheureux à cause d'elle. Mais elle viendra et si cet amour est gâché ce sera, il le sait depuis le début, par sa faute. L'enfant n'est pas revenu, mais il reviendra. La seule certitude dans cette histoire, c'est qu'il reviendra. Il se plantera sur le seuil et il attendra qu'on lui donne quelque chose en échange, puisqu'il a vu l'intimité d'un homme et d'une femme, on doit bien le payer en retour, puisqu'il a été mêlé à ça qu'il n'aurait jamais dû connaître. Le secret de leur joie.

Il aimerait être un autre, n'importe quel autre, un homme sans tragédie, un amoureux galant, il aimerait que cet amour que Suzanne lui donne sans raison soit payé en retour, et avec brio, des surprises folles, des cadeaux, des voyages, mais surtout des confidences… C'est cela qu'attendent les femmes. Il aimerait être capable de confidences. Jusqu'à maintenant il s'en est toujours sorti, il s'est servi de bribes de sa vie pour mentir, il a tiré quelques fils de vérité et fabriqué ce qu'on appelle un tissu de mensonges, et après ? On a le droit d'avancer protégé, pourquoi devrait-il marcher sur la braise et gémir ?

Alors il devient enjoué, plein de faux entrains, il tente de la faire rire avec des bêtises, il raconte des histoires drôles, pas drôles, il imite parfois les clients à l'agence, les grotesques, les trop riches, les mégalos, il va même jusqu'à commenter l'actualité parfois, *pour parler*, puisque le silence va les tuer, puisque l'enfant va revenir, il prend les armes qu'il trouve. Suzanne l'écoute et elle se dit que bientôt ils se demanderont ce qu'ils ont vu au cinéma, comme ces amis qui n'ont plus rien à se dire et se parlent par-dessus leur vie. Elle le perd elle le sait, elle perd cet homme qui se donnait d'un bloc, qui avait eu l'audace magnifique de sonner chez elle et de la prendre, cet homme qui l'avait guettée. Il change. Il est plein de moments sans sincérité. D'instants superficiels. Il ne demande qu'à fuir, et du plus vite qu'il peut, car il y a chez elle quelque chose qui lui est insupportable, trop lourd, pas supportable vraiment pas.

Après l'amour elle le prend contre elle et le berce un peu, et par cette tendresse maternelle, elle sait qu'elle l'aime un peu moins et qu'elle est seule. Elle devient celle contre qui un homme tente de se réfugier, mais elle n'est pas un abri. Elle n'est ni un médicament ni un refuge. Alors, elle fait ce que font généralement les femmes : elle tranche dans le vif. C'est le seul moyen qu'elle a pour tenter de sauver cette histoire qui dérive. La vérité, c'est tout. Elle lui demande de l'emmener. Là où il a grandi. De l'emmener tout de suite, sur-le-champ, elle se fiche qu'on les voie ensemble, elle se fiche de savoir si c'est loin, s'ils doivent parcourir la moitié de la terre pour ça, elle dit Allons-y maintenant ! Et alors Serge a terriblement mal à la tête soudain. Il s'assied sur le matelas au sol et il tient son crâne dans ses mains. Elle attend. Longtemps, lui semble-t-il. Elle entend les voitures dans la rue, les voix des passants. Elle entend son émotion et sa peur, qu'il se dérobe et ne l'emmène pas, qu'il reste ce gamin à terre, réfugié dans sa migraine. Tu viens d'où, Serge ? D'où viens-tu ? Elle se rappelle cette chanson qui faisait peur, demander au loup ce qu'il fait, et comment il se prépare pour sortir de chez lui et venir les dévorer, tous ces petits enfants curieux qui ont osé lui demander : Où es-tu ? Que fais-tu ? Entends-tu ? Serge pose les mains sur ses oreilles. La chambre ne leur ressemble plus. C'est un espace irréel et fictif. Suzanne prend son sac et s'en va.

Le lendemain Serge pose de nouveau dans la vitrine de son agence l'annonce de mise en vente de l'appartement de la rue Geoffroy-Saint-Hilaire, et prévient ses employés qu'il se charge lui-même de cette vente, qu'on lui passe tous les appels concernant le duplex, que personne d'autre que lui ne le fasse visiter. Les employés acquiescent en soupirant et retournent à leurs ordinateurs avec le sourire pincé de ceux qui n'aiment pas qu'on leur échappe.

Et tout redevient comme avant. La vie est longue. Les nuits sont sans sommeil, entre cauchemars brefs et insomnies qui ne donnent sur rien, aucune décision n'en surgit, rien ne se nourrit de ces heures lourdes ; le matin Serge se force à un peu de jogging, mais il lui semble courir contre lui-même, ne pas suivre un élan mais contraindre son corps, un animal blessé qu'on force à la rééducation. Tout est lent, d'une tristesse diffuse et sans goût, il ne se passe rien, c'est à hurler. Mille fois par jour Serge se retient d'appeler Suzanne, d'aller chez elle, la supplier de l'aider, le tenir encore un peu contre elle, il aurait pu, si seulement elle avait eu un peu de persévérance, lui parler comme elle voulait qu'il le fasse, elle a tout fichu en l'air avec son impatience, cette curiosité de bonne femme honnête, et parfois il lui écrit des mots assassins, qu'il ne lui envoie pas, l'envie de la tuer, de l'insulter, c'est ce qui le maintient debout certains jours, certaines heures amères où il a envie de foutre le feu à la planète et regarder comme ça flambe, toutes ces vies croisées, fermées comme des bourgeons gelés, crevées avant d'avoir pu naître. Mais il n'appelle ni n'écrit. Ses paroles et ses mots sont imaginaires, il est le seul à les entendre et il a dans le crâne des joutes oratoires vaines et obsessionnelles, qui ne rebondissent que sur elles-mêmes.

Lucie organise un dîner presque chaque soir. Il y a du monde chez elle, de la musique, des voix, des rires et du cristal. Mais sa jolie maison sent la cendre froide. L'hiver s'est planté dans le jardin, raide et glacé. Il fait nuit à 17 heures. Les enfants font des listes au Père Noël, Lucie force Théo à en faire une, pour que Chloé ne comprenne pas le mensonge. Un soir qu'ils dînent seuls, Serge annonce à Lucie leur déménagement pour Londres.

– Pour Londres ?

– Ça te fait plaisir ?

– Tu y penses depuis longtemps ?
– C'est une surprise.
– Ah…
– Les enfants iront à l'école française et toi…
– Moi ?
– Niveau shopping, je veux dire… Tu vas être… !

Lucie recule un peu sa chaise. Il y a un long silence, puis elle dit :

– Suzanne, l'accordeuse de piano, elle ne viendra plus. Elle dit qu'elle a trop de travail, elle m'a orientée sur un collègue à elle.

Serge tient son verre par le pied, le regarde, le penche, boit ce qu'il reste, et puis le regarde, encore.

– Et… il est bien ? Le nouvel accordeur ?
– Tu l'aimes ?

Serge sent la terrible banalité de la situation, et cette douleur atroce qui le relie à sa femme, cette appréhension qu'ils ont tous deux de ce qui va suivre, et il sait que c'est maintenant que tout se joue, c'est à lui de donner le ton, et Lucie n'attend rien d'autre que la vérité, si inhumaine soit-elle.

– Je ne vais pas te mentir, hein… je l'ai vue… je l'ai vue une fois ou deux, je ne sais pas ce qui m'a pris, elle est… enfin tu l'as vue, elle est vieille…
– Non. Pas ça.

Et Lucie pleure maintenant, tout doucement, de longues larmes fines, intarissables, et elle écoute, au fond d'elle, le fracas que fait son amour qui meurt. Elle murmure :

– Pas ça, s'il te plaît.

Et elle s'en va sans faire de bruit.

Noël approche, comme une catastrophe annoncée et inévitable. Dans deux jours Lucie emmènera les enfants en vacances chez ses parents à La Baule, en attendant que Serge les rejoigne pour le réveillon, comme ils le font tous les ans. Il n'y a entre Serge et elle ni questions ni reproches, aucune menace. C'est comme une terre aride, un couple brûlé. Cela ne se commente pas. Serge regarde sa femme, sa voix moins assurée et son sourire atroce quand elle aide les enfants à décorer la maison. Il regarde l'empreinte du malheur sur la jeunesse de sa femme, il lui aura aussi donné cela : sa part de souffrance dans ce monde. Maintenant, se dit-il, elle sait : vivre, c'est avoir peur et souffrir. Applaudir Chloé quand elle pose l'étoile en haut du sapin et aussitôt avoir cette terrible envie d'aller dormir, se cacher sous la couette et mourir. Mais après l'étoile, Lucie sourit encore, et propose d'aller cuisiner des bonshommes en pain d'épices, et Serge est le seul à voir qu'elle se cogne quand elle passe la porte du salon, titube un peu, hésite à tout arrêter, mais n'arrête pas, répond à l'impatience des enfants « maman, tu viens ou quoi ? ». Serge comprend qu'il ne pourra jamais empêcher cela, le malheur dans sa maison, parce qu'il est maudit, et il entend sa mère crier. Elle a crié de douleur. Pas comme Lucie. Elle a vraiment crié quand son père a fermé le clavier sur ses doigts. « Salope, va ! » Et Serge n'a rien fait. La mousseline jaune lui faisait mal aux yeux, il n'y voyait plus rien.

– De toute façon ce piano, on va le bazarder !

Il est entré dans la cuisine comme un fou, pour dire cela. Et il regarde Théo, il voudrait tant que son fils hurle, lui aussi, qu'est-ce que c'est que cette maison où tous le désignent comme bourreau, où tous parlent bas comme dans une clinique, où tous font « comme si » ? Théo regarde son père, ses yeux clignent très vite, plusieurs fois, il a de la farine plein les mains, et il ne comprend pas.

– Fiche-nous la paix, veux-tu ? dit Lucie entre ses dents.

Serge les regarde tous les trois et sait que la force de Lucie est là, dans ses enfants. Il peut bien lui faire tout le mal qu'il veut, elle sera toujours comme une louve avec ses petits, approche seulement et tu es mort. Il n'avait pas compris que la maternité l'avait rendue invincible. Il les regarde faire du pain d'épices et il sait qu'il s'est banni.

Alors il y va. Là où il a grandi. Là où tout s'est joué, ainsi que Suzanne l'a deviné. Il traverse le parc Monceau, les statues figées sous le gel, les allées nues, les joggeurs entourés de brume. L'espace s'est rétréci sous le froid, fermé sur lui-même, et il n'y a plus de ciel. Serge marche vite, les yeux baissés, il a peur de croiser des enfants de son âge, de son âge d'alors, cette envie de vivre qui était la sienne, et cette intuition du monde des adultes, ce monde qui le frôlait et le terrifiait, et il se demandait s'il irait un jour. Il y est aujourd'hui. Il revoit les mains de Théo, pleines de farine, il aimerait les avoir dans les siennes, il est si lâche, ne peut-il donc pas y aller seul ? Il sort du parc, laisse derrière lui la rotonde, les hautes grilles noires, les ombres sèches. Il lève le visage vers sa rue, l'interminable rue de Prony. Il faut traverser le boulevard de Courcelles et y aller. « Attends que le bonhomme soit vert, même si tu vois les grands traverser, attends bien que le bonhomme soit vert, tu me le promets Sergio mon amour ? »

Il avait oublié. Sa mère l'appelait « Sergio ». Comment a-t-il pu l'oublier ? Comment cela est-il possible ?

Le feu est rouge. Le bonhomme est vert. Serge fait demi-tour et revient dans le parc Monceau. Il s'assied sur un banc. Ses jambes tremblent, comme après un effort trop grand. Il s'entend sangloter sans larmes, c'est un bruit de gorge sec et brutal. Il téléphone à Suzanne. Il lui demande de venir, de le rejoindre maintenant, dans le parc Monceau. Il n'a pas donné de nouvelles depuis plusieurs semaines. Il n'a répondu ni à ses appels, ni à ses silences, et il perçoit la fatigue de Suzanne, dans ce temps mort. Elle ne répond pas, elle tente de s'orienter dans cette histoire sans issue. Serge sent la rue de Prony derrière lui, ce long serpent endormi. Il insiste :

– On traverse et après si tu veux, tu t'en vas.

– On traverse quoi ?

– Le boulevard de Courcelles.

– Non. Après le boulevard de Courcelles, tu me racontes. Sinon je ne viens pas. Tu me racontes et on se quitte pour de bon, mais tu me dis au revoir cette fois-ci, pour que ce soit humain, quand même.

– Ça ne sera pas très humain. Ce que j'ai à te raconter.

– Raison de plus.

Et alors il le voit. Il vient de passer le petit pont de pierre, en courant après un pigeon. Il renifle un peu, il est enrhumé et il a froid. Il a huit ans et il rit quand le pigeon s'envole. Serge entend son rire clair, un peu surpris et déçu. Sergio… En fait, il ne l'avait jamais oublié.

Nous nous sommes tenus longtemps enlacés, frigorifiés, devant le 14, rue de Prony, l'ancien hôtel particulier dans lequel Serge avait passé son enfance. Il ne m'a rien dit, alors. C'est après, quand il m'a emmenée dans le studio meublé de la rue de Rome, qu'il m'a raconté. Le studio était inhabité depuis plusieurs mois, il était entièrement refait, une grande pièce avec une cuisine américaine, une salle de bain aux murs d'ardoise, une baie vitrée qui ouvrait sur un petit balcon. La vente était aussi chère que pour une villa en province, mais Serge avait plusieurs clients sur le coup, qui faisaient de la surenchère. Parfois, on entendait les annonces venant de la gare Saint-Lazare, et les trains qui partaient et arrivaient de la banlieue et de la Normandie. Il y avait cette impression d'être dans une chambre d'hôtel, en transit.

Je savais que j'avais rejoint Serge pour la dernière fois. Je ne lui ai pas dit que j'avais quitté Antoine, que je vivais seule maintenant, rue de Douai. Je ne lui ai pas dit que ma vie avait été sauvée, et perdue, grâce à lui. Que je ne pouvais plus respirer le même air qu'autrefois, me contenter d'une vie simplement correcte, acceptable et concrète jusqu'à l'étouffement. Ayant quitté Antoine, j'étais seule, du matin au soir. Seule avec les autres. Seule dans mon lit, ma cuisine, mes dimanches, mes projets, et parfois je me rendais compte que je dormais mes deux bras m'enlaçant. La liberté et son pendant, la solitude, maintenant je les connaissais bien. Elles étaient une partie de moi, elles me constituaient, et je pensais qu'on aurait pu les analyser dans mon sang, les cellules de ma peau. Parfois l'avenir semblait vaste, parfois je me trouvais pitoyable. La solitude est à vous, elle vous tient, et on ne sait jamais si c'est une délivrance ou une malédiction. Va-t-elle vous donner des ailes ou vous réduire à une existence de petits pas ? J'étais entre deux mondes. Si libre.

Serge a commandé des boissons et de la nourriture, chez le traiteur de la rue de Naples. Il a dit que cela allait durer longtemps, ce qu'il avait à me dire, et que nous ne sortirions pas. Il a ouvert une bouteille de mouton-cadet, s'est assis face à moi. Et il a commencé à parler.

Ma mère m'appelait Sergio. Je me souviens, elle disait Sergio mon amour, Sergio mon bébé. Très vite, je lui ai demandé d'arrêter. Elle n'arrêtait pas, et regrettait que le temps passe trop vite. Elle s'appelait Thérèse. Elle était belle, avec des cheveux noirs, très doux, j'aimais les enrouler à mon doigt quand elle me prenait contre elle, poser ma main sur sa gorge et la sentir vibrer quand elle parlait, m'endormir dans ses bras. Elle sentait l'eau, je veux dire... Une odeur fraîche, avec la terre dedans. Elle est morte quand j'avais dix ans. Mais la dernière fois que je l'ai vue, c'était la veille de Pâques, j'avais huit ans.

On vivait rue de Prony, au 14, l'appartement que je t'ai montré. En bas des escaliers, dans le hall, la rampe en bois se terminait par une énorme gueule de lion, rugissant. J'aimais y mettre la main, sentir les crocs et avoir un peu peur, c'était comme un droit de passage.

Vaincre sa peur. Et puis monter chez soi. L'appartement était tellement grand, je faisais du vélo dans le couloir, en fait, cet appartement c'était un immense couloir, avec plein de bras : des chambres, des bureaux, des salles de bain, c'était incohérent... J'étais enfant unique. Ça m'allait bien, j'aimais ça. Seul avec ma mère. Je ne pouvais pas m'imaginer grandir et la quitter. Je ne l'ai pas quittée. C'est l'enfance qui s'est barrée, quand j'avais huit ans, l'enfance s'est cassée en deux, crac ! Du petit bois qu'on brise et puis qu'on jette, d'un coup, comme ça, un soir, sans prévenir, c'était fini. Et on ne le sait pas ce soir-là, on ne peut le deviner qu'après... Qu'on sera quelqu'un d'autre. La vie sera une autre vie, un truc horrible, qu'on n'aurait jamais pu imaginer, c'est comme... se découvrir dans un cauchemar : qu'est-ce qu'on fait là, on se demande, mais qu'est-ce qu'on fait là ? Et on y reste. C'est ça le plus angoissant. On y reste ! *C'est juste comme ça maintenant.*

Je ne sais pas si je m'y suis habitué, je crois qu'une partie de moi est restée devant la grille de l'école quand ma mère m'appelait Mon amour Sergio mon bébé, et qu'elle se retenait de m'embrasser parce que je le lui avais interdit devant les copains. Je haïssais l'école, les institutrices avec leurs gilets posés sur les épaules, l'application qu'elles mettaient à inscrire la date sur le tableau, comme si c'était si officiel, tellement joli leurs majuscules pleines de boucles, *Lundi*, *Mardi*, qu'elles écrivaient en disant « J'ai des yeux derrière la tête ! ». J'enrageais de devoir quitter ma mère pour passer la journée avec ces géantes pleines de craie. Je faisais partie de ces enfants qui sont malades le dimanche soir, qui sentent la semaine venir rien qu'à l'odeur de la trousse, les copeaux des crayons mal taillés et la colle séchée. Le dimanche soir puait l'automne, cette impression de manquer de lumière, et ne jamais arriver à être comme les autres, à rire de leurs jeux, à se réjouir comme eux d'un goûter, d'une heure de chant, cette sensation d'être loin et de ne pas comprendre pourquoi, ce qu'il faudrait faire pour se rapprocher d'eux et les aimer. L'école... Je ne voulais pas quitter ma mère pour y aller, mais je ne voulais pas qu'elle m'y accompagne, par honte devant les copains. Comme si tous, peut-être, allaient être témoins de ce qui nous reliait, cet amour fou.

Il faut que je te parle de mon père. Il s'appelle Hubert. Il vit encore, rue de Prony. Il était... Comment te dire ? « Ton père est un grand chirurgien », voilà, c'est comme ça que ma mère me parlait de lui. Moi je comprenais seulement qu'on avait raison d'endormir les gens avant qu'il les touche, j'aurais préféré être endormi moi aussi, avant qu'il rentre à la maison le soir, et je filais dans ma chambre dès qu'il arrivait, je voulais pas le voir, sentir sa main qui frotte mon crâne « Salut, fiston », avec sa voix pâteuse d'homme déçu. Mais certains soirs, ça m'angoissait trop de savoir Thérèse seule avec lui, alors je sortais de ma chambre, j'inventais n'importe quel prétexte, j'avais soif, j'avais mal à la tête, et je regardais comment Thérèse allait, comment ça se passait avec cet homme qui sentait l'éther et buvait du whisky pendant des heures. Il était violent. La plupart du temps.

Je ne sais pas ce qu'il me reste de lui. C'est presque injuste que toujours soient inscrites en moi ces marques : les gènes, l'ADN, cette vie qu'on partage à l'intérieur du corps, c'est pire que des fers aux pieds. Je voulais te parler de ma mère, et je te parle de lui. Tu es la première femme à qui je parle de mon enfance. C'est fou comme on s'habitue aux mensonges, la vie inventée devient une histoire acceptable, on raconte des « bobards » comme tu dis, et à force notre véritable existence s'efface, on finit par être ce qu'on invente.

Mon père avait douze ans de plus que ma mère, il l'avait rencontrée quand elle avait vingt et un ans, et il l'a épousée aussitôt, c'était un homme qui n'aimait pas que les choses traînent. Il savait ce qu'il voulait, et il fallait que les autres devinent sa volonté, très vite. « Tu le sais pourtant, hein, tu le sais ce que je veux, fais pas comme si tu le savais pas ! » Ça montait toujours comme ça, ses colères. Comme une offense. Quand ça commençait, il fallait surtout ne rien faire. Devenir neutre, indifférent, même si je crevais de trouille, il fallait que je sois immobile, pas « fuyant » comme il disait, mais pas « insolent » non plus. C'est comme ça je crois que j'ai appris les bonnes manières. La politesse sournoise. L'enfance, c'est une affaire d'adaptation, non ?

Maman venait d'une famille un peu bohème, un peu minable… surtout minable. C'étaient des aristos totalement déclassés qui mettaient tout leur fric pour retaper un château à moitié en ruine dans l'Oise, ils n'arrivaient même pas à payer le chauffage, je me souviens d'y avoir été une fois, avec maman… C'était sale. Froid. Très sombre. Mon grand-père ne pensait qu'à une chose : refaire les serrures. Il attendait l'aide de l'État, parce que le château était classé monument historique et il ne parlait que de ça… le prix des serrures… Pourquoi on y était allés, je ne sais pas, ce que je sais c'est qu'on ne les voyait jamais chez nous. Je me souviens ce jour-là, chez eux, il y avait un clavecin, il était ouvert, on aurait dit une aile de papillon, une aile arrachée. Je revois maman s'approcher du clavecin, elle demande quelque chose et ma grand-mère lui répond simplement Non. À chaque demande de ma mère, ma grand-mère répond Non, et l'autre, son mari, continue à parler de ses serrures, et puis au bout d'un moment, on s'en va. On ne revient plus jamais. Quand on est sortis, Thérèse m'a dit « Personne n'en joue, il va rester tout seul, comme ça, la gueule ouverte et ils s'en fichent, les salauds ! ». Elle a dit ça. La gueule ouverte. Les salauds. Maman jouait du piano. Elle était liée au piano, c'était sa respiration, elle s'asseyait derrière le clavier et puis voilà, sa journée commençait. Il y a des femmes qui le matin ouvrent les volets. Thérèse ouvrait son piano. Je savais toujours où elle était. Ce qu'elle faisait. Elle voulait jouer le premier mouvement de la *Sonate en* si *mineur* de Liszt… elle n'y est jamais arrivée. Elle le savait. Que c'était impossible. Je crois qu'au fond… elle voulait toujours ce qui était impossible. Je ne sais pas si ses parents la laissaient jouer du clavecin, si seulement il était accordé, ce que je sais c'est que lorsqu'il l'a rencontrée, Hubert a juste eu une chose à faire, la cueillir comme une petite fleur fraîche, et c'est ce qu'il a fait. Elle a dit Oui tout de suite. Elle a quitté le château sans serrure et sans chauffage. Il y avait un piano à queue, rue de Prony. Il doit toujours y être… évidemment. Le plus juste aurait été de le massacrer à coups de hache quand Thérèse est morte. On aurait dû l'abattre comme un cheval blessé.

Mon père a toujours vécu rue de Prony, et ses parents avant lui, ses grands-parents, des vies toutes prêtes à l'emploi. Tu te mets là, tu bouges plus. Tu nais dans les bras de ta mère et les pas de ton père. Tu quittes les bras de ta mère et tu suis les traces au sol. Tu files droit… Oui bien sûr c'est comme ça qu'il l'a eue, avec l'immense piano noir. Elle est arrivée là, elle l'a ouvert et elle l'a fait vivre, lui, et la maison avec. Quand elle jouait, je me mettais dessous, je fermais les yeux et je tenais les pieds du piano pour sentir le bois vibrer, et il me semblait que le cœur de maman battait dans mes mains. Je l'aimais, Suzanne, si tu savais… Parfois… Je n'avais pas l'impression qu'elle était ma mère, mais ma petite sœur. C'était comme si on était deux enfants, placés dans la mauvaise famille, et on se ressemblait tellement. On se comprenait sans se parler. Elle me regardait avec ses grands yeux pleins d'amour, elle était persuadée que les autres mères étaient jalouses d'elle, les pauvres, elles avaient des enfants tellement ordinaires, tandis que moi… Mais un jour j'ai compris que je n'étais pas son seul amour. Un jour, elle et moi on a mené une autre vie, sans marcher dans les traces de mon père, et sans le lui dire. Il y a eu un autre chemin. Elle l'appelait « le grand secret ». C'est de ça dont il faut parler. Le plus dur. Je voudrais te raconter les choses dans l'ordre, mais ça ne marche pas, tout ça devrait s'enchaîner, non ? Par quoi est-ce que je devrais commencer ? Comment te parler de Thérèse et que tu l'aimes ? Bien sûr, je veux que tu l'aimes. Peut-être que ce qui dit le plus sur elle, c'est ce père qui parle de ses serrures quand elle pleure devant un clavecin ? Tu es la première personne que je rencontre, qui vive sans avoir peur. Alors pour toi, je vais commencer par la fin : j'ai tué ma mère. Je lui ai fait tellement de mal... Mais il faut que tu saches aussi qu'avant cela il y a eu un autre crime, et que j'y suis mêlé, tu dois me croire, j'y ai pris ma part, et j'avais huit ans. Allume la lampe derrière toi, on n'y voit rien ici.

Regarde-moi. Celui que j'ai laissé mourir, je ne t'en ai pas encore parlé. On va manger un peu, non, tu dois avoir faim Suzanne, viens dans mes bras. Est-ce que tu sais accorder les clavecins, aussi ?

Nous nous sommes couchés très tôt cette nuit-là, Serge et moi. Comme si après cet aveu, il n'y avait rien d'autre à faire. Notre fatigue était immense. Tout notre être, englouti dans cette fatigue. Je lui ai parlé des clavecins, un peu. Le tempérament inégal, les peintures sur la table d'harmonie, et puis les feux de la Révolution, leur besoin d'être accordés plusieurs fois en concert, et souvent le concertiste le fait lui-même. Serge était déçu : « Le concertiste ? Sans l'accordeur ? » Je perdais un peu de mon pouvoir. Déjà. Alors j'ai proposé qu'on aille le chercher. « Qui ? » Le clavecin. Celui dans le château sans serrure. Serge a dit que sûrement ses grands-parents étaient morts, et le château vendu peut-être racheté un euro symbolique, tout cela ne valait rien, il n'y avait plus aucune réalité entre lui et le clavecin.

Je n'ai pas dormi, cette nuit-là. C'était notre première et unique nuit ensemble, je voulais voir passer les heures, et m'en souvenir. Serge me tenait contre lui, je n'osais pas bouger. On n'entendait ni les trains, ni les annonces, il n'y avait plus dans la gare Saint-Lazare que de jeunes SDF cachés dans des cartons. Et des pigeons endormis sur les bars métalliques. Le silence ressemblait à un chagrin qui se contient.

J'essayais de tout retenir, de Serge. Pas ce qu'il avait dit. Mais lui. L'odeur de sa peau, la texture de ses cheveux, la forme de ses bras, les petits bruits de son souffle quand il dormait. Je me disais Je vais le perdre mais je le sais, quel privilège. Combien de fois perdons-nous ceux que l'on aime, sans le savoir ? Combien de fois crie-t-on Au revoir, sans même se retourner, et c'est fini pour toujours, et ce que l'on voudrait retenir, ce que l'on voudrait revivre, même une minute, même en rêve, n'existe tout simplement plus ? Nous étions posés Serge et moi, dans ce radeau, au-dessus d'une gare endormie, dans le silence triste d'avant les grandes ripailles de Noël et du jour de l'an. Les derniers instants vierges. Avant que tout le monde décide d'être heureux à la même minute, lance ses vœux de bonne année et puis remonte dans les trains bondés. Et se plaigne de la fatigue, un manque de sommeil irrattrapable, comme si toujours l'effort était le même : tenir les yeux ouverts, le corps debout.

Serge voulait que je me souvienne de Thérèse, que je pense à elle parfois. C'était impossible. Thérèse était une absente qui ne s'inscrivait sur rien, elle n'avait ni visage, ni voix, ni défauts. Elle était morte. Et je ne portais pas son deuil.

Serge dormait dans mes bras, et au petit matin quand les premiers trains sont arrivés de Lisieux, d'Étretat, de ces paysages de champs et de sable que je connais si bien, je l'ai réveillé en lui faisant l'amour doucement, lentement, pour que l'instant s'étire et nous marque. Je l'avais arraché du sommeil, et ses épaules au-dessus de mon visage, son cou contre ma bouche, je ne voyais rien d'autre que sa peau, je l'entendais gémir, heureux et malheureux, oscillant entre ce qui le submergeait et ce qu'il allait perdre. Et toujours l'amour est cette possession qui se dérobe.

Puis doucement, il a recommencé à parler, le café noir a remplacé le vin, au-dehors la pluie est tombée, fine et glacée, et puis la neige, qui couvrait les bruits de la rue. Je n'entendais plus que Serge, sa voix basse, un peu chantante dans l'émotion, et ses soupirs, ses longs silences. Comme des aveux en musique.

Très vite l'enfance a pris la couleur que mon père avait décidé de lui donner. Celle de la crainte. Il faisait partie de ces êtres qui sont tout le temps là, même quand ils sont absents, car tout se fait pour eux. Dans la peur d'eux. Penser à mon père, c'était déjà être dans l'appréhension.

Je ne l'ai jamais haï. J'avais trop peur de lui pour ça. La peur est un envahissement. Avec elle, on est cloué au sol. Ce dont je me souviens le plus, c'est de l'intranquillité. Je revois des scènes, j'ai des fragments de ces scènes, ce qu'on appelle des « mauvais souvenirs ». Par exemple, on est à table, mes parents et moi. On déjeune, et comme d'habitude c'est mon père qui donne le ton, il parle de sa voix docte, un peu professorale, il s'adresse à ma mère comme s'il devait lui faire rattraper son retard en toute chose, il soupire en lui expliquant qu'elle n'y connaît rien, que c'est plus compliqué que ça, il se lève parfois de table pour aller chercher un livre, une revue, et les poser à côté de son assiette. Ma mère murmure Merci, et déjà, le silence n'est plus le même. Le bruit des couverts sur les assiettes. Le bruit de la déglutition quand on boit. Tout devient sonore et prend de la place, comme… tu sais… les instruments qui s'accordent, avant le concert, et les raclements de gorge du public, la façon de se rasseoir. Ça se prépare, ça va venir on le sait, on va jouer ce morceau-là, et ça commence toujours pareil, mon père ne s'énerve pas, au début. Il se contient. Je vois les efforts qu'il fait pour ne pas hurler, ses poings se serrent, ses doigts sont si rouges, il dit « Quoi ? Quelque chose ne va pas, Thérèse ? » Et elle secoue la tête en riant, je déteste ce rire, je vois qu'elle n'a plus son âge, elle ne pourrait me défendre contre rien. Pour Hubert, c'est trop tard. Le système est en marche. Il ouvre grand sa main, il regarde sa paume, il parle de plus en plus fort, et Thérèse a cette manie de passer ses doigts dans ses cheveux, j'ai envie de vomir dans mon assiette, et j'ai l'impression que mes jambes sont trop courtes, elles ne touchent pas le sol, et j'attends, je sais ce qui va se passer. Comment ça va se passer. Parfois j'ai hâte que ça arrive, j'ai hâte qu'il la frappe et que ce soit fini, je m'en veux de souhaiter ça, mais j'ai envie de crier « Fais-le ! Vite ! Vite ! Fais-le et va-t'en ! ». L'appréhension est si longue… Je transpire tellement, on dirait que je me suis pissé dessus. Dans les secondes où mon père frappe Thérèse, je ne sais plus ce qui se passe, c'est quelque chose qui va très vite, sa main sur son visage, et c'est ce que je veux « Ça va trop vite je ne peux rien faire », je me dis. C'est bien que ça aille vite. Je ne l'ai jamais défendue, pas une fois, je ne me suis jamais levé, je n'ai jamais crié à mon père d'arrêter, je n'ai supplié personne, jamais, pas une fois, jamais.

Lorsque ma mère recevait des coups, je détournais la tête en chantonnant, je me disais que sûrement c'est ce qu'elle voulait, que je n'aie rien vu, une histoire entre mon père et elle, interdite aux enfants. S'il l'avait frappée à table, comme dans la plupart de mes souvenirs, mon père jetait sa serviette, il se levait, on entendait la porte claquer. Et puis le silence, énorme, dans toute la maison. Ma mère me demandait Tu veux un dessert Sergio mon amour ? Je faisais Oui avec la tête. Mes yeux me brûlaient. Je n'avais pas de haine. Toujours cette foutue terreur paralysante. Je savais que dans la cuisine où elle était allée chercher mon dessert, maman éclatait enfin en sanglots. Et c'est pour ça que je lui faisais croire que j'avais encore faim.

Un fils apprend de son père, non ? Il l'admire. Le respecte. Il porte son nom comme les couleurs d'un drapeau. Je crois qu'au début, entre Hubert et moi, tout marchait plutôt bien. Il m'a appris à nager, à faire des maquettes, à comprendre les règles d'un match de foot, que vouloir de plus ? Qu'est-ce qui s'est passé ? Avant Pâques, la fin de l'enfance, j'ai été semblable aux autres, ceux de l'école avec qui je m'ennuyais. J'avais un nom. Deux parents. Une adresse. J'appartenais à ça, le nom et le lieu qui allaient toujours ensemble. Je pensais être le centre de tout, et le monde vivait parce que je l'avais décidé. C'est ce que les mères font croire à leurs enfants, non ?

Il faut que je te parle de David. Il faudrait ne parler que de David. David. La fin de l'enfance. J'avais sept ans quand cette histoire entre Thérèse et lui a commencé... commencé avec moi en tout cas. Thérèse m'emmène avec elle. Je découvre qu'en dehors de la rue de Prony il y a d'autres mondes, c'est comme si on m'ouvrait des portes secrètes, la vie a des recoins cachés, et moi je suis convié, on me veut, j'ai le droit d'être dans leurs jours heureux. Oui, c'est ça que je ressens, au début. Une récréation improvisée. Une fierté. Et puis avec David, maman était belle, elle n'avait plus peur tu comprends, c'est l'amour qui fait ça, je le sais maintenant, l'amour rend courageux. Mais ce dont je me souviens, au-delà de cette joie du début, c'est d'un malaise, quelque chose qui m'étouffe, qui me coince oui, je suis coincé dans leur amour, ils me font une place, mais ce n'est pas la bonne, je ne le sais pas. Je le sens. La première fois c'est un après-midi... David était un pianiste professionnel, et cet après-midi-là, il a joué pour Thérèse ce qu'elle n'arriverait jamais à jouer, la *Sonate en* si *mineur* de Liszt... C'est peut-être pire qu'un repas avec mon père. Pour moi. Je déteste ce moment. Maman est exaltée, elle serre ma main mais c'est David qu'elle regarde, avec une terreur émerveillée, mais bon Dieu pourquoi est-ce que je suis là ? Pourquoi est-ce qu'ils veulent que j'entende ça ? Je suis mêlé à leur fascination mutuelle, mais ce bouleversement, *je ne peux pas* le partager. Il se passe quelque chose de plus que la sonate, quelque chose qu'ils me cachent, et pourtant j'assiste à cette effroyable jouissance de la musique, je suis mal à l'aise et pour la première fois je sais qu'on ment à mon père. C'est tout. Ça semble rien, je sais. Mais pour moi c'est tout.

Après je n'ai plus de souvenirs précis, les jours de Thérèse et David, je ne crois pas y être retourné, je ne me souviens pas. Mais Thérèse avait changé. Elle était nerveuse, toujours sur le qui-vive, elle passait encore plus de temps au piano, parfois elle recommençait la même phrase pendant des heures, comme si elle voulait tous nous chasser, et puis elle s'arrêtait subitement et me prenait contre elle, je ne voulais pas qu'elle me prenne contre elle, je voulais continuer à regarder tout ce qu'elle ne voyait pas quand elle jouait, la vie derrière son dos, la vie dangereuse avec mon père qui n'est plus en colère, mais qui la hait, je le vois, je suis le seul à le voir, est-ce que tu comprends Suzanne ? Je fais le guet et elle ne se rend compte de rien et elle ose me prendre contre elle alors que mon père bientôt va lui briser la nuque, je le sais ! Je le sais et je ne dis rien. Voilà.

Il y a eu les vacances de Pâques. Nous sommes restés à Paris. Et la veille de Pâques… J'avais huit ans, j'étais en CE2… La veille de Pâques, c'est le dernier jour. Le dernier soir de notre famille, de ma vie avec Thérèse. Après, j'ai été transféré, balancé dans une autre existence. On m'a envoyé en pension dans le Jura. Le pensionnat était une bâtisse énorme, en pierre grise, les couloirs étaient immenses, mais crois-moi personne n'aurait imaginé y faire du vélo. J'étais dans ce couloir, dans cette montagne, comme un être exilé dans un pays qui n'aurait pas encore été créé. La rue de Prony s'effaçait lentement, ça devenait la rue de quelqu'un d'autre, un enfant qui n'était certainement pas moi. On a souvent cette impression que les lieux meurent quand on les quitte, mais moi je savais que ce qui avait disparu, ce n'était pas le grand appartement, c'était le petit garçon dedans.

La veille de Pâques, avant le pensionnat, c'était donc le dernier soir. Ce soir-là j'ai vu la valise de Thérèse, posée sur son lit. J'ai tout de suite compris qu'elle partait, qu'il ne s'agissait pas de vacances, mais qu'elle m'abandonnait. C'est ce que craignent tous les enfants, non ? Tous ceux qui ont un brin de jugeote… Je regardais sa valise, je l'entendais jouer *Un rêve d'amour* et je savais qu'elle m'abandonnait pour David. Qu'elle l'avait choisi, lui. J'ai quitté sa chambre et je suis allé au salon :

elle avait une robe de mousseline jaune, elle jouait et comme d'habitude elle ne voyait pas la masse énorme, le corps de mon père derrière elle. Il a commencé à lui parler, par-dessus le piano. Elle n'a pas répondu. Il a parlé plus fort. Elle a continué à jouer. Et puis il a pris des livres, dans la bibliothèque. Il les a jetés à terre. Et puis les verres sur la table du minibar, et puis les vases, les chaises, ma mère ne s'est pas retournée une seule fois... Tu peux imaginer ça ? Le salon qui s'écroule et elle qui pose ses doigts sur le clavier... Elle signifiait à mon père qu'elle n'avait plus peur de lui, qu'il n'y avait plus un seul lien possible. Elle osait ça, pour la première fois. Moi, je les regardais tous les deux, mes parents devenus fous, et je ne pouvais rien faire, seulement rester sur le seuil, comme un enfant gelé. Abêti.

Et puis mon père s'est approché de Thérèse, je ne savais pas que c'était la part la plus folle de lui qui venait de surgir. Ma mère pleurait maintenant, je le voyais à ses épaules, elle disait qu'il ne fallait pas jouer avec les épaules, mais elles se soulevaient, et sa robe bougeait trop. Mon père s'est approché, il a crié « Salope va ! » d'une voix sans salive, presque atone. Et puis il a refermé le clavier sur ses doigts. Un grand coup sec. Elle a hurlé. Elle s'est retournée, elle m'a vu sur le seuil, moi je la regardais sans baisser les yeux, sans pitié, parce que j'avais vu la valise sur le lit. Maman me regardait en pleurant, et je me souviens de son air *étonné*. Je voulais qu'elle reste là, à pleurer sur son tabouret de piano, qu'elle n'en bouge sous aucun prétexte. Mais elle s'est levée. Elle est partie dans sa chambre.

Sans cette valise, Suzanne, sans cette maudite valise, rien de ce qui est arrivé ce soir-là n'aurait eu lieu. J'ai voulu punir ma mère, simplement pour avoir encore une place à tenir dans sa vie. Elle est partie dans sa chambre et je suis resté seul avec mon père. Il a bu. Il n'a pas cessé de boire. Et pourtant il était calme, comme un homme qui va prendre la décision la plus sage de sa vie. Il obéissait avec méthode à un raisonnement fou. Il a pris le téléphone et j'ai entendu ce que je n'aurais jamais dû entendre.

Je suis sortie. Je suis allée sur le balcon, sentir la neige tomber dans la nuit, inévitable et glacée. Plus l'histoire de Serge avançait, plus elle devenait sombre, et plus l'heure de se quitter approchait, je savais que le lendemain il rejoindrait Lucie et les enfants dans la maison familiale, pour fêter Noël. Peut-être que je n'avais pas envie d'entendre jusqu'au bout ce qui était arrivé à David et Thérèse. Les deux amants s'étaient aimés, avaient été séparés, et Serge avait été envoyé en pension par un père alcoolique et jaloux. C'est la douleur banale, la souffrance inhumaine et vraie. Pourquoi devrais-je me charger de cette histoire ? Il y avait des lumières partout dans Paris, et je n'avais nulle part où aller. Il y avait des mères de familles exténuées dans les trains de banlieue, avec leurs paquets cadeaux, et je les enviais. J'enviais ceux qui avaient un rite auquel se tenir. J'enviais ceux qui avaient quelqu'un à qui demander pardon. À qui faire des reproches. Des scènes ou des déclarations. J'enviais ceux qui avaient des enfants, des parents, des amants. Ceux qui fêtaient Noël dans un avion, un pays lointain, un chalet dans les Alpes, un hôtel à New York. J'enviais tous ceux qui savaient. Ce qu'ils feraient dans les prochains jours. Ce qu'ils mangeraient, et avec qui. Ce qu'ils fêteraient sans dormir, sans faillir. J'enviais tous ceux qui n'étaient pas sur ce balcon rue de Rome avec un homme dont les mots sortaient de la bouche comme les serpents des princesses maudites. Et je devais les transformer en or ? Partir seule avec cet or dans les mains, pour marcher sur les trottoirs boueux ? Je n'avais pas envie d'être une sainte. J'avais envie d'être choisie pour autre chose que cette disponibilité et cette écoute pour lesquelles Serge m'avait désirée. J'avais envie d'être fragile et consolée. Protégée et adorée. Être, pour quelques heures, tout ce que je n'avais jamais été. J'entendais le début de la grande sonate, la note jouée, le silence. La note répétée, le silence, pour préparer ce qui va surgir, la menace sourde, avant que tout s'emballe et devienne inévitable, l'épuisant combat. Interpréter la grande sonate, c'est *être*. Pianiste. Virtuose. Sportif. Poète. Coureur de fond. Amoureux fou. Récompensé. Élu. Qui est cette mère qui convie l'enfant au grand secret intime ? Pourquoi fait-elle partager au fils ce temps volé au chirurgien, le couloir de la rue de Prony où chaque porte peut le dissimuler et le faire surgir ? Le père derrière chaque porte close. Le père absent omniprésent. Le père salaud toujours vainqueur. Le père de qui l'on souhaiterait n'être jamais né. Le père à qui l'on voudrait ne pas ressembler. Rien. Pas un profil. Une main. La courbe du nez. Un père que l'on souhaiterait ne pas avoir connu, le père indigne et légitime.

Le ciel était gris pâle, chargé de neige et de nuit, les bus ne roulaient plus, les voitures dérapaient, à la gare Saint-Lazare on annonçait des annulations, de la neige sur les fils électriques, Paris s'arrêtait. Se refermait comme un piège. Et j'ai entendu, derrière moi, la voix de Serge. Il se tenait tout près, il n'avait pas allumé la lumière et il a raconté, encore.

Je vais te dire ce que je n'aurais jamais dû entendre, ce soir-là, cette veille de Pâques. Ce que je n'aurais jamais imaginé raconter un jour : les mots de mon père, au téléphone. Il parlait avec un homme qu'il tutoyait, et rudoyait aussi, un homme socialement inférieur à lui, un infirmier ou un anesthésiste, j'imagine ça parce qu'il n'a été question que de médecine ce soir-là, il répétait un mot, toujours le même : cardiorythmine. Mon père parlait d'un dosage, que l'autre connaissait, on aurait dit qu'ils étaient d'accord sur tout mais que mon père avait besoin d'être brutal pour que ça se mette en place, et j'entendais « rythme », comme dans la musique, cardiorythmine, un mot qui va vite, qui s'emballe. Au téléphone mon père était d'une ironie nerveuse, il se fichait de l'autre, et il continuait à boire, il suait, il rotait, passait de la colère à des petits rires qui m'effrayaient. Et puis il a donné l'adresse de David, et la brasserie où il avait l'habitude d'aller dîner le soir. Mais l'autre apparemment savait déjà tout et avait même sa photo. Tout cela avait été pensé bien avant, même si ce soir-là tout s'est déclenché à distance. Comme une bombe. En fait mon père connaissait David, il l'avait sûrement fait espionner, il nous avait suivis, j'en suis sûr.

Est-ce qu'il savait que j'étais là, quand il commanditait le meurtre ? Est-ce que cela le faisait jouir de savoir que je comprenais sa toute-puissance ? Est-ce qu'il avait l'impression, enfin, de reprendre sa place, après avoir été floué ? Peut-être était-il tellement soûl qu'il n'avait plus conscience de la réalité… Je ne le saurai jamais. Je ne saurai jamais s'il n'était pas persuadé que j'allais tout répéter à ma mère. En tout cas, ce soir-là, il se trompait. Je ne suis pas allé prévenir Thérèse. Je ne voulais pas qu'elle sauve David et m'abandonne. Je ne voulais pas vivre seul avec mon père dans ce salon dévasté.

David est mort, ce soir-là. Un meurtre facile. Et propre. Je restais ce môme idiot, ce témoin. Je ne connaissais ni le mot « suicide » ni le mot « assassinat ». Il se passait des choses que je ne pouvais pas nommer. Mais j'aurais pu sauver David. Et je ne l'ai pas fait.

Après avoir téléphoné, Hubert a fermé l'appartement à clef, il a demandé à Thérèse de partir le lendemain seulement, il s'est mis à genoux, tu peux croire ça, venant de lui ? Il était à genoux devant elle, et elle… je la voyais du seuil, toujours du seuil, comme si j'avais compris que c'était ça ma place, je n'entrerais plus jamais dans une pièce sans me sentir de trop. Elle avait l'air écœuré, cet homme soûl, transpirant, à genoux, et elle, elle ressemblait à une reine, j'ai pensé à ça, C'est une reine, mais il y avait cette valise posée sur le lit. Si tu savais, Suzanne ! Si seulement elle m'avait dit… Il y avait une deuxième valise, et je ne le savais pas ! Je ne le savais pas, tu comprends ? Elle voulait m'emmener avec elle. Oh mon Dieu ! Pardonnez-moi…

C'était ça, l'histoire de Serge. Un enfant qui voit. Qui entend. Et se tait. Un homme qui meurt un soir, dans une brasserie près de la rue de Seine, d'un arrêt cardiaque. Et l'histoire est terminée. Qui est coupable ? Qui a été puni ? Thérèse est morte deux ans après David. Après le meurtre elle a pris sa valise, est allée s'allonger dans un lit blanc, et elle a coulé vers la mort. Elle n'a jamais revu son fils. Serge a grandi entre des internats trop grands et des colonies de vacances lointaines, il a aperçu son père, de temps en temps, jamais assez longtemps pour que cela laisse la trace d'un seul souvenir, d'un lien possible.

Un enfant inconsolable. Ce pourrait être chacun de nous. Il suffit peut-être de ne pas y penser. Ne pas s'attarder sur cette déchirure-là. Serge pleurait, mais que pouvais-je faire de ses larmes, puisqu'il me quittait ? Comment consoler un homme qui s'en va ? Les hommes s'en vont en nous faisant croire qu'ils ne s'en remettront pas. Nous savons que c'est faux. Les hommes s'en vont pour savoir enfin où se cache leur blessure. Ils nous quittent afin de pouvoir nommer leur douleur de vivre. Je regardais Serge pleurer les larmes de Sergio, mais je savais que le lendemain il poserait avec Lucie et les enfants devant le sapin, et que la photo serait réussie.

Serge a mis son costume, sa cravate, son eau de toilette. Serge s'est habillé en père de famille fêtant le réveillon. Il frôle Lucie du regard. Il esquisse des gestes, furtivement, sa main sur la sienne, son souffle sur sa joue. Il apprivoise sa douleur et tente de revenir dans le cercle. Tente de ne jamais penser à Suzanne, au vertige de l'absence, au manque. Il aspire comme tout homme à une vie simple et honnête. Il ne se sent pas lavé de ses fautes, bien qu'il ait avoué le meurtre par complicité de David et la mort de Thérèse, emportée par la douleur. Il veut se placer de nouveau au centre, et que la terre tourne autour de lui. Il parle du cours de la Bourse, avec son beau-père. Il complimente sa belle-mère sur sa nouvelle coupe de cheveux. Il a presque leur âge, et il oscille entre la complicité franche et la pudeur due à la hiérarchie. Il est leur hôte et leur gendre, il a fait d'eux des grands-parents et il gronde Chloé quand elle mange un biscuit apéritif avant les adultes. Et puis il rit et l'assoit sur ses genoux, regarde l'objectif, c'est Théo qui prend la photo, son grand-père lui prête son appareil, ce soir tout est permis. La photo prise, Serge détourne aussitôt le regard. Théo continue à le regarder à travers l'objectif, il zoome, agrandit et éloigne son père, encore et encore.

C'est un réveillon tendu, à la joie forcée, heureusement les enfants sont là pour occuper le vide et leurs paroles, leurs attitudes, sont commentées. Lucie parle avec ses belles-sœurs, il est simple d'avoir l'air de s'entendre quand on parle entre femmes bien élevées, cela va tout seul, c'est l'art de la conversation. Elle parle avec les femmes de sa famille, et se sent étrangère, quelqu'un qui fait d'immenses efforts pour ne pas tomber. Elle sent les gestes ébauchés de Serge, sa main sur la sienne, son souffle sur sa joue, et sait déjà qu'un jour, elle sera sans illusion et sans rancune. Elle aura pardonné. Elle sera déçue et souriante. Elle aura pardonné. Ce sera une vie sans élan, qui ne déviera pas, qui jamais ne s'envolera et les sommets seront si vite atteints dans cette existence sans amplitude. Elle sait tout ça, que Serge ne sait pas. C'est une connaissance de femme séculaire, et elle laisse aux toutes jeunes filles le souhait de rêver, elle passe son tour, étonnée tout de même que cela soit déjà fini, elle ne pensait pas ressembler si vite aux autres.

Serge la regarde et la trouve belle. Cela le rassure de retrouver ce sentiment, c'est comme si rien n'avait changé, que tout pouvait continuer comme avant. Mais soudain une voix lui parle, qui vient de l'intérieur. Elle dit deux mots, plusieurs fois. « La belle et la bête. La belle et la bête. » Serge se dit que cela va cesser. Cela ne cesse pas. La belle et la bête. Il boit. Il mange. Il fume. Il s'exclame, il s'étonne et s'écrie, mais rien ne peut recouvrir la voix. Alors il se lève, va s'asseoir sur le rebord de la fenêtre ouverte. Il voit les étoiles par milliers dans ce soir de réveillons, de bougies et de tables fleuries. Le ciel est familier, tout proche. Et la voix continue. La belle et la bête. La belle et la bête. Alors Serge soupire et ferme les yeux. Il sait où est la bête. Il sait où la trouver. Il ne l'a pas vue depuis quarante ans… Quand il se redresse il voit Théo. Il est là, tout près, à la table des enfants. Il montre à ses cousins comment peler une mandarine pour en faire une bougie de Noël. Il a de tout petits gestes précis et sa main tremble un peu on dirait. C'est un enfant qui s'applique et voudrait retenir l'attention. Et c'est pour lui que Serge décide de le faire. Parce que c'est leur dernière chance. Dès qu'ils auront quitté La Baule pour Paris, il ira voir son père. Cette bête qui jamais ne meurt.

C'est un vieil homme. Un vieillard. Il est dépendant. Mourant. Usé. Périmé. Un pied au bord de la tombe. Il est gâteux. Dément. Débile. Risible. C'est ça, se dit Serge, sûrement quand je le verrai, il me fera rire. Je serai étonné d'avoir eu peur si longtemps. Je n'en reviendrai pas, de cette ombre posée sur mon épaule, depuis tant d'années. Ça n'était que ça ? je me dirai, et alors, sûrement je rirai. Vieille roulure. Alcoolique. Épave. Cocu. Assassin. C'est drôle que cette carcasse, ce pauvre fou m'ait terrifié. Est-ce que tu te pisses dessus, papa ? Est-ce que tu te chies dessus ? Non. Ça ne me fait pas de peine. Tu ne m'as jamais fait de peine. Même quand je t'ai revu à l'enterrement de maman, quand tu trébuchais, courbé, perdu, tu m'as encore fait peur. De la peine, jamais. J'ai pleuré, pourtant… Dans ce pensionnat entouré de montagnes, comme une île pour bagnards, j'ai espéré chaque jour recevoir la lettre qui m'autoriserait à rentrer à Paris et à retrouver maman. J'ai pensé que Dieu me punissait et que vous aviez passé un accord : j'avais laissé David mourir et plus jamais je ne serais relié à ceux que j'aimais. J'habitais les grands espaces, là où se dilate la respiration, moi, j'étais pris dans cet air pur comme dans une tornade. Et le jour où tu as écrit, c'était pour annoncer l'enterrement de maman. Elle est morte dans une clinique, et je n'ai rien pu empêcher. Qui était à ses côtés ? Est-ce qu'un ange lui a tenu la main, l'a aidée à ne pas avoir trop peur ? Une infirmière ? Une femme aussi malheureuse qu'elle, dans un lit un peu plus loin ? Est-ce qu'elle a vu une lumière ? Est-ce qu'elle s'est souvenue de moi ? Est-ce qu'elle m'a appelé ?

J'ai un fils de huit ans. Longtemps j'ai refusé cette idée : être père à mon tour, et sans Lucie, jamais je n'aurais osé. Être père c'est être un monstre, et je le suis, d'une façon ou d'une autre. Mon petit me craint, et je reste à le regarder se méfier et ne pas oser s'approcher. Je veux prendre mon fils dans mes bras. Je veux sentir l'odeur de ses cheveux, et celle de sa sueur. Je veux sentir battre son cœur. Ses veines. Ses cils. Toute parcelle vivante. Je veux marcher avec mon fils et le présenter à chaque passant, à tous les inconnus, leur dire Bonjour je vous présente mon fils ! comme font les autres, avec une fierté qui les rend bêtes, un orgueil commun, un amour immense et paradant.

Ce matin-là, Serge traverse seul le boulevard de Courcelles. C'est le début du mois de janvier, une nouvelle année, 2012. Il marche rue de Prony. Sergio et Théo se confondent, il veut les consoler et il va chez son père pour une réconciliation, non avec lui, mais avec les deux petits, Sergio et Théo. Il voudrait leur rendre l'innocence, réparer la violence de la connaissance, ce monde louche des adultes qu'on les a forcés à voir. L'enfant témoin est souillé pour toujours, Serge le sait. L'ogre sorti des livres de contes, il n'est plus question de pays lointains, le pire se cache dans la maison, incrusté dans l'ordinaire. Serge marche vite sur les trottoirs gelés de la rue de Prony. Il revoit sa mère, les petits pas de côté qu'elle faisait quand elle était heureuse, et les chansons qu'elle fredonnait, et lui, quel idiot ! Lui qui n'aimait pas ça ! Qui voulait une maman silencieuse, comme les autres, raisonnable avec le sac des courses et les sourires polis, et aujourd'hui, il lui dit Tu étais si jolie, Thérèse, et tu n'as jamais vieilli, regarde, je suis un homme plus âgé que le chirurgien qui t'avait épousée, plus âgé que David, je suis vos deux âges réunis, alors maintenant je peux bien y aller seul, chez ce salaud.

Serge a prévenu la garde-malade, il veut que son père soit levé quand il arrive, il le veut alerté, et qui sait, un peu inquiet peut-être. Le hall sent le bois et l'encaustique, la main de Serge ne rentre plus dans la gueule du lion au bout de la rampe. Dans les larges escaliers les vitraux brouillent la lumière du jour, il repense aux kaléidoscopes et à tous ces trompe-l'œil. Devant la porte il est à une hauteur nouvelle, celle du judas.

La garde-malade ouvre au fils de soixante ans, dans l'appartement l'odeur est la même, celle des chambres où sont nées et où sont mortes des générations entières, l'odeur du poireau et du cuivre, l'odeur humide des salles de bain anciennes, et la faible lumière de janvier pose un voile fragile sur le couloir usé, les meubles en chêne, les portraits sévères aux murs, et le piano est là, encore… C'est vers le piano que Serge s'avance en premier. Il est fermé comme une bouche qui retient son cri. Le piano se tait et Serge sait que Suzanne en connaît tous les secrets, l'intérieur de la bête comme un médecin légiste. Et le souffle de Thérèse rencontre l'oreille attentive de Suzanne, elles se penchent sur l'instrument, Sergio est assis dessous, il tient les pieds dans ses mains et il entend battre le cœur de plusieurs femmes, le ton universel des amoureuses et de leurs fils.

Il n'a pas besoin de se retourner pour le sentir dans son dos. Le traître éternel, le père terreur. Serge caresse le piano, c'est comme une prière. Et puis lentement il se retourne. Il le voit. Il est assis dans un fauteuil roulant, son long corps tordu, un diable sorti péniblement de sa boîte et dont le ressort est en partie brisé. Et dans le visage rasé de frais, les joues rosées et flasques, le nez camus d'où sortent des poils noirs, il y a, plantés comme deux chardons dans une ruine, les yeux noirs, qui brillent encore de la vaillance de la méchanceté. Ils n'ont pas besoin de se dire bonjour. Ils ne se sont jamais quittés. Ils sont là pour se dire adieu.

Serge a les bras écartés, les mains posées sur le piano, ce colosse qui veille dans son dos. Il est plus grand que son père. Pour la première fois. Il pourrait renverser à son tour le salon. Et la chaise roulante avec. Il est dans le rôle du puissant, il suffirait de le vouloir. Mais jamais il ne sera un bourreau, ce serait trop simple, réclamer justice par inhumanité. Hubert le regarde avec patience. Il a le temps du face-à-face et il sait tout ce que Serge veut lui dire. La litanie du ressentiment. L'inévitable procès. Qu'importe ? Il est trop tard pour se justifier. Personne ne se fera de cadeau. Tendre la main et se faire briser le poignet. Alors, chacun attend. La phrase inaugurale. Qui ne sera jamais la phrase souhaitée. Le fils attend, forcément, un improbable « Je suis fier de toi », qui contiendrait tout. Son père connaîtrait sa vie. Lui, l'as de l'espionnage, l'aurait suivi à son insu, et ses petits-enfants aussi, qui sait ? Il les aurait guettés, à la sortie des écoles, comme un homme qui a perdu la garde de ses petits et en vole des images, des bribes de nouvelles éparses, pour tenter de comprendre. Mais le père attend et ne dit rien. Il pourrait aussi être fier de la beauté de ma femme, de la prospérité de mon agence, tous ces signes extérieurs de réussite, pense Serge, et cela est si peu, tellement dérisoire, qu'il voudrait simplement demander à son père de l'aimer. Sans être fier. Sans savoir ce qu'il est ou non devenu. L'aimer aveuglément. Par filiation directe.

– Tu as quel âge ? demande Hubert.

– Je suis ton fils. Je suis Serge.

Hubert hausse les épaules, l'autre le prend donc pour un vieillard sénile ?

– Tu as quel âge ? il demande encore.

Serge ne répond pas. Il voudrait remonter cet homme, comme Suzanne remonte ses pianos, il voudrait qu'un autre ton soit donné, pas celui des vérifications hasardeuses, cette façon de le toiser, une déception fatiguée. A-t-il oublié quand son fils est né ? Cherche-t-il à se comparer à ce qu'il était lui-même à cet âge, veut-il lui faire comprendre combien le temps a été long sans lui, quarante années sans se voir ? Et Serge espère ce reproche qui avouerait un manque, une attente vaine. Est-ce qu'il a manqué à son père ? Est-ce que son orgueil maladif, sa tour de glace, ont empêché le grand chirurgien d'appeler au secours ce fils lointain, mais qu'au fond de lui, son cœur l'attendait en saignant ? Était-il obsédé par l'inconnu que son fils était devenu ? Se demandait-il à quoi, à qui il ressemblait et s'il lui avait légué des passions, des marottes, des goûts, malgré lui ? Est-ce qu'il aime écouter la radio le matin ? Est-ce qu'il pleure à l'opéra ? Souffre-t-il de migraines ? Aime-t-il l'odeur du cuir des voitures de luxe ? Sursaute-t-il quand il entend un enfant appeler « papa » dans la rue, ou un adulte dire « Allô papa ? » à un téléphone mobile ? Ce mot « papa », qu'est-ce que ça veut dire ? Ce mot qui a cessé d'être prononcé, est-il rattrapable ? La douleur cicatrisable ? Et le temps perdu… Gâché. Bradé. Trop tard. Tout ce qu'Hubert n'a pas vu, tout ce qu'il ne lui a pas appris : se raser. Aborder les filles. Trop tard. La joie d'avoir réussi le bac. Trop tard. L'équipe de France championne du monde. La libération de Mandela. Le 10 mai 81. Trop tard. Et les choix, tous les choix qui se sont faits sans ses conseils, le premier job, la première fac, le premier studio, la première fiancée et puis Lucie. Oser Lucie et sa jeunesse et son désir d'enfant, avec cette angoisse à hurler, savoir que c'est sa dernière chance de se détacher du père manquant, oser donner la vie, la tenir sans faillir, sans partir en courant… Sans la confiance aveugle de Lucie *qui ne sait rien*, jamais Serge n'aurait été celui que l'on appelle de ces deux négations : PA PA. L'habit de lumière sur l'homme sombre. Il se rappelle les mots de Pierre Fresnay à son père, dans ce film de Pagnol : « Je t'aime bien, tu sais », et Serge pleure toujours quand Raimu empoigne la nuque de son fils et pose un baiser sur son front. Je t'aime *bien*. Toute la pudeur du monde. La virilité à genoux. Je t'aime *bien*.

Ti voglio *bene*. Du bien. Marchand de bien, c'est ce que Serge est devenu. Bien. La mention en rouge sur les copies que son père n'a jamais vues, les carnets qu'il n'a jamais signés, jamais leurs deux noms côte à côte, et Serge comprend que même les souvenirs ensemble, ceux de ses huit premières années, ne seront jamais communs, puisque jamais évoqués. Ce qui n'est pas dit meurt. Le père et le fils vivent leurs deux histoires séparées. Jamais Serge ne demandera à son père s'il était ému à sa naissance, s'il y a assisté, à qui il a téléphoné en premier, est-ce qu'il s'est soûlé, mais pour une bonne cause enfin, pour une joie infinie, est-ce qu'il a crié « J'ai un fils ! », en se répétant son prénom accolé au nom qu'il lui offrait. La juste résonance de la filiation.

Hubert regarde Serge et voit ce que son fils ignore : la ressemblance avec Thérèse, et c'est un trouble qui le révolte, comment peut-elle vivre, encore ? Comment peut-elle avoir ce pouvoir, une femme si jeune, vivant dans un homme de soixante ans ? Il serait bien en peine pourtant, de dire *en quoi*, Serge ressemble à sa mère, c'est comme si elle surgissait par endroits. Les ailes du nez qui se pincent dans l'émotion, cette attente dans le regard, un élan retenu et une légère anxiété, Thérèse avait toujours l'air d'être debout sur un seul pied, de penser mille choses à la fois et son sourire… Il y avait trop de sentiments dans une seule femme, elle tentait de s'en libérer en jouant du piano, ignorant alors que la musique se retournait contre elle, nourrissait ses joies bridées, ses rêves de midinette, et tout ce qu'elle cachait. Il craignait toujours de la perdre. Étrangement sa mort a eté un soulagement profond. Il n'y avait plus rien à craindre puisque tout était accompli. Quelle délivrance quand elle a disparu et que la menace s'est effacée. Mais Serge, aujourd'hui, lui ressemble tellement. Il ne sera jamais heureux. Et cette pensée fait sourire Hubert. Au bout du chemin, quel que soit le calvaire enduré, il y a une justice.

– Tu ne seras jamais heureux, dit-il.

Serge reçoit la prédiction en pleine tête. Il sait encore donner des coups, pense-t-il, il frappe juste. Il me rejette, et je ne sais pas pourquoi. Les pensions, jusqu'à la majorité, et puis les « débrouille-toi tu es majeur maintenant », je n'ai jamais su pourquoi. Et à vingt ans, Serge qui lui donne un rendez-vous, oui, comme un père et un fils doivent s'en donner souvent. On se retrouve dans cette brasserie que tu aimes bien, dans la librairie en face de la Comédie-Française, tu me rejoins devant l'Opéra, alors ? Allons-y ensemble au Parc des Princes, c'est toi qui as les places ? Et les surprises : Réserve ton samedi 4 juin, cherche pas à comprendre, réserve, je te dis. Ils font comme ça, les autres, non ? Et même ceux qui ne font pas ça, ceux qui se retrouvent dans le petit appartement au quinzième étage, dans le pavillon de banlieue, ceux qui : les gâteaux à la main, la main dans la main, sont sans mots, sans force, sans projet, même ceux-là sont heureux. Enviables. Ils ont leurs rituels et leurs manies, ils connaissent les questions qui fâchent et les souvenirs mille fois rabâchés, les discours qui agacent et que l'on accepte, l'ennui même de ces visites est un lien et un baume au cœur. Mais le rendez-vous avec son père quand Serge avait vingt ans, au pied de la statue, dans le parc Monceau... ! Une poignée de main et une enveloppe qui ne contenait rien : cinq cents francs en billets de cinquante. Pour solde de tout compte, avait pensé Serge, comme un fils congédié. Pourquoi ne veut-il pas de moi ? se demande-t-il encore, et il sait, au moment même où la question est posée, qu'elle sera sans réponse, que le désamour est l'énigme absolue, l'éternelle torture. Il n'y a pas d'apaisement à cela. Le rejet du père. Il n'y a que rage contenue, douleur déjouée, transformée en art, en folie, en prières, petites litanies dans les soirs de solitude. Hubert... Un père qui arrive à vivre sans son fils. Toute sa vie, en entier, sans son fils ! Pas une crise. Un moment d'égarement. Non. Toute sa vie, sans un geste de reddition. Un regret. Un cri qui se lâche, au mauvais moment, au mauvais endroit peut-être, *mais qui se lâche* ! Et s'il n'est pas entendu alors, s'il est rejeté, qui sait si un jour... son écho ? Alors on se réveille, on s'engueule, on pleure, on crie, on est ensemble dans les sentiments contradictoires, on va partir en claquant la porte, et puis on se reprend, on fait cet effort surhumain, juste pour rester encore un peu avec ce père qui vous a rappelé. Vous. Et pour la première fois.

– Est-ce que tu savais que je t'entendais, quand tu commanditais le meurtre de David au téléphone ?

– Tais-toi.

Serge se laisse lentement glisser, son dos racle le clavier, il s'assied sur le tabouret du piano. Comment Thérèse osait-elle jouer et tourner le dos à l'ennemi ?

– Tu ne sais rien. Permets-moi de te le dire.

– Ne me parle pas comme tu parlais à maman, comme tu me parlais quand j'étais môme. Ton petit ton supérieur, ton dégoût… ! Je t'ai trop évité. Le but de ma vie était : comment vivre sans jamais frôler ce type ? Porter son nom sans que jamais il ne me rattrape ?

Hubert envoie sa main loin devant son visage, son geste habituel d'homme socialement supérieur. Pourquoi Serge est-il venu ? Il pourrait s'adresser au voisin, au buraliste, ce serait la même chose, les règlements de comptes soixante ans après, une vieille bile que l'on crache à retardement. La vie le fatigue. Rien ne le surprend, et il est accablé, pourquoi ne meurt-il pas ?

– Réponds-moi : est-ce que tu savais que je t'entendais quand tu commanditais le meurtre de David, au téléphone ? Est-ce que tu attendais que je prévienne maman ? Tu voulais vraiment que ça ait lieu ? Mais réponds !

– Mais tu ne sais rien ! Et tu n'as aucun respect pour

moi. Tu n'en as jamais eu. Pauvre ignorant ! Naïf que tu es !

Alors Serge décide de ne plus faire cet honneur au père : attendre quelque chose de lui. Il regarde le vieux salon beige. À part le piano qu'il protège à peine de son corps, rien ici ne lui rappelle Thérèse. Comme si elle n'avait touché aucun objet, aucun meuble, comme si elle n'avait existé qu'assise sur ce tabouret de velours noir, face au clavier. Il n'y a rien de Sergio non plus. Pas un parcours de petite voiture sur le tapis, un livre lu en cachette, un jeu avec les dessins des rideaux. Mais la peur du père. Sa voix qui monte comme un avertissement. Et la répétition à l'infini de sa colère.

– Toi non plus tu ne sais rien, dit Serge. Tu n'as pas connu Thérèse, quand elle était heureuse. Avec David. Je me souviens de sa joie, de sa beauté dans ces moments-là. Tu veux les mots de respect du fils ? Mais pour cela tu devais prendre la place du père, et ce n'est pas à moi de te la donner. J'ai entendu, tu sais, quand tu commanditais le meurtre de David. Tu as fait de moi ton complice. C'est le lien que tu as choisi pour nous, garde-le. Ma saleté d'enfant coupable, je te la laisse. Mais le môme sur le seuil, le petit Sergio, je le délivre, je l'emmène avec moi.

Hubert regarde Serge avec une tristesse nouvelle, un peu absente et épuisée, il est soulagé que cela soit fini et qu'il n'ait révélé aucune vérité. Serge est venu avec le bouclier de ses certitudes. Il ne le découragera pas. Il lui laisse sa colère, il sait que c'est aussi un moyen d'arriver à vivre. Il ne lui dit pas. Qui est vraiment Sergio, cet enfant sur le seuil. Qu'il croit emmener avec lui. S'il savait !

18 OCTOBRE 2012

Déjà, sur la place des Abbesses, d'autres enfants montent sur le manège. Avec la peur que le cheval de bois, la voiture rouge, soient pris et leur échappent. Je ne vois pas ces enfants, je les devine. J'ai fait un signe de la main à Serge, avant de m'en aller, fuir par la rue d'Orsel, droit devant moi, échapper à ce qui ne peut se vivre. L'homme aimé. Sa présence soudaine. Comme une intrusion. Le col de son manteau qu'il a relevé, ses gants de cuir brun, son écharpe Hermès, son visage baissé, ses cernes, et son regard sur moi. L'air entre nous, dans cette tension qui ramasse le temps et l'espace, comme si nous allions mourir, comme si nous entrions dans ce passage sans norme, inconnu.

Et j'entends ses pas, j'entends sa voix, c'est mon nom par lui prononcé, et mon nom se cogne aux murs des boutiques de la rue, le restaurant thaï, la minuscule brocante, mon nom dans sa bouche, dans cette nuit de Paris en automne. J'avance vite sur le trottoir étroit, et mon nom flotte derrière moi et me poursuit, et soudain j'entends les pleurs. La petite fille pleure, tirée par ce père qui l'oublie et pourrait la perdre. Rue d'Orsel. Je me retourne, je vais faire face à l'amour unique. Ce n'est pas humain. Cet homme qui vit sans que je puisse jamais l'attendre, sans plus jamais l'espérance d'un geste, d'un rire partagé, d'un regard sans parole. Je me retourne. Par pitié pour l'enfant. Je reçois le regard de Serge, ce cri muet, et je vois, je reconnais, la goutte de sueur, le long de sa gorge. C'est la première chose que j'aie vue de lui. Après qu'il a monté les escaliers, qu'il m'a suivie, dans l'appartement rue de Douai.

– Il faut que tu saches, dit Serge, et sa voix chute, échappe. Il faut que tu saches, cette histoire n'est pas finie.

Alors il voit ma méprise, bien sûr. Car il ne s'agit pas de nous. L'histoire, ce n'est pas *nous*. C'est lui. Il est seul, au centre de tout, il est l'homme qui dit et souffre. Je suis la femme qui écoute et soigne. Depuis la nuit des temps, ainsi que les dieux m'ont désignée. La petite fille tire sur sa main, elle a froid, elle a cet agacement des enfants fatigués, et il la prend dans ses bras. Elle est contre lui. Entre nous.

– On m'a donné les papiers de Thérèse, tous les papiers, les photos, les lettres…

– Je ne veux plus rien savoir de ton histoire, Serge.

– Mais il FAUT que tu saches ! Tout ce que j'ai appris, c'est… c'est inimaginable, Suzanne, écoute-moi.

– Peut-être que ça ne m'intéresse plus.

Je dis ça, et je vois son effarement, comme un homme qui découvre un visage défiguré. La stupeur et le dégoût. La petite jette son visage dans le cou de son père, et je la déteste d'écraser la goutte de sueur, de la goûter peut-être. Elle est à ma place. Si j'en ai jamais eu une. Elle est le sang de son sang. Indétrônable.

– Il faut rentrer, ta petite fille est fatiguée.

Je ne le fais pas. Il est à quelques centimètres de moi. Il est à une main. Un geste de moi. Et je ne le fais pas. Alors, je peux survivre à tout. Toutes les solitudes, toutes les peurs et tous les élans. Si je m'en vais avant de saisir le visage de cet homme dans mes mains et d'enfoncer ma langue dans sa bouche, et tenir, longtemps, ce baiser plein de sang et de reconnaissance, si j'arrive à ce froid-là, cette inhumanité, alors plus rien jamais ne pourra m'atteindre. Je ne suis plus une femme. Je suis la désincarnation. La sublimation désespérée. Enfermée en moi-même, pire qu'en un couvent. Si je n'arrache pas cette enfant des bras de mon amour, si je ne touche pas sa peau, ses cheveux, si je ne baise pas ses paupières, ses mains, là, sur ce trottoir étroit de la rue d'Orsel, c'est que je suis invincible. Je flotte dans une zone où plus rien, aucune blessure n'est possible. Je lui dis une dernière fois, Je t'aime. Dans ma tête. Je t'aime. Je t'aime. Ça ne sert à rien. Parfois l'amour est partagé. Et on peut bâtir son propre monde. Parfois l'amour, les mots mêmes de l'amour, sont impossibles. Et la vie demeure cette traversée idiote, pleine d'horaires et de faux amis. Et même la musique est une cruauté. Il ne me demande pas si je vais bien. Ce que je fais, comment je vis. Il me regarde avec la déception blessée de l'homme à qui on a injustement coupé la parole. On dirait qu'il vient de rater le dernier train. Je l'aime encore. Je l'aimerai toujours. Même lorsque je n'aurai plus aucun sentiment, quand tout m'aura quittée, j'aimerai Serge. Et son histoire jamais dévidée, infernale comme la si grande sonate. C'est un mystère d'aimer cet homme égoïste, et de l'aimer de tout mon être. C'est un mystère d'aimer ce qui est si imparfait et douloureux. Je suis face à lui et je pleure de tout cet amour que je ne dis pas. La petite fille s'est endormie dans ses bras, son corps est relâché, son bras se détache lentement du cou de son père, glisse et pend contre son ventre. Elle a froid. Elle est lourde, ainsi endormie. Serge vacille un peu et je me dis que c'est à cause de cette enfant endormie. Pas parce que je pleure en silence devant lui.

Alors cela prend fin. Je suis cette femme qui se retourne, et s'en va. Se perd, pour la première fois. Dans son propre quartier. Je marche, et les rues que je laisse derrière moi s'écroulent en silence.

Serge pose l'enfant endormie sur le canapé du salon. Il ne sait plus quoi en faire. Il est trop tôt pour qu'elle se couche, elle a peut-être de la fièvre, il appelle Lucie, il lui laisse Chloé, il est sans force. Il a monté les rues, les escaliers, la colline de Montmartre avec la petite contre lui et cette peine monstrueuse. La même histoire sans cesse, l'impossibilité à dire. Et la femme aimée s'éloigne.

– Je ne comprends pas pourquoi les écoles ouvrent si tôt, elle est épuisée, le matin je n'arrive pas à la sortir du lit, dit Lucie en caressant le front de la petite.

Elle me regardait comme cela, avant, pense Serge. Elle s'inquiétait. Elle ne s'inquiète plus.

– Serge ?

– Oui ?

– Qu'est-ce que tu as ? Il s'est passé quelque chose ?

– Je l'ai portée depuis la place des Abbesses… Elle fait son poids maintenant.

Lucie ne s'inquiète pas, non. Lucie soupçonne. Se méfie de tout. Elle dit :

– Tu avais parlé de vivre à Londres, maintenant… on a laissé passer la rentrée scolaire, c'est dommage.

– Je croyais que tu ne voulais pas. Tu m'as dit que tu ne voulais pas.

– Mais maintenant j'ai envie de partir. J'étouffe à Paris.

– Mais non Lucie, tu n'étouffes pas à Paris. Tu étouffes avec moi, c'est tout

Et Lucie la discrète, la si belle, se retient de pleurer. Serge le voit à la veine qui gonfle à son front, le rose sur ses joues, les cils qui battent, un peu trop.

– Tu voudrais qu'on quitte Montmartre ? Qu'on change de quartier ?

Lucie ne répond pas. Elle regarde sa fille et cela devient un poids énorme, trop de responsabilité, de présence, d'enthousiasme exigés. Elle demande soudain :

– Tu la revois ?

– Qui ?

– Serge…

– Non.

Elle le regarde, on dirait qu'il vient de la gifler. Et qu'elle attend qu'il ose recommencer. Elle le défie sans mot.

– Je l'ai croisée ce soir, sur la place.

– Ah… C'est ça, alors…

Chloé se réveille, Serge en est sûr, ses paupières tremblent, elle se force à les tenir fermées, elle les écoute, c'est certain.

– Et qu'est-ce que ça t'a fait, de la revoir ?

– Mais rien !

– Qu'est-ce que vous vous êtes dit ?

Serge sait que sa fille les entend. Qu'elle comprend. Elle s'était réfugiée dans les bras de son père pour l'empêcher de parler avec cette femme dont il criait le nom dans la rue.

– Réponds-moi : qu'est-ce que vous vous êtes dit ?

Serge regarde Chloé :

– Elle ne m'avait pas vu, alors je l'ai appelée, je voulais… qu'elle voie Chloé, qu'elle comprenne bien.

– Qu'elle comprenne bien quoi ? Qu'est-ce qu'elle n'avait pas compris ?

Chloé ouvre les yeux. Enfin. Elle regarde ses parents. Sa mère caresse sa joue. Son père lui sourit. Elle se redresse et les tient tous les deux contre elle. Ils sont gênés. Émus. Ils ont envie de fuir. De rester. De se toucher. De se battre, surtout. Ça ferait du bien de se faire franchement du mal. De porter des coups et laisser des traces.

– Mon père frappait ma mère, dit Serge.

Et maintenant, il lui semble qu'il le comprend, et cette compréhension l'écœure.

– C'était un salaud, je t'ai menti.

– J'ai l'habitude, dit Lucie, et elle prend l'enfant dans ses bras, avec la dernière tendresse qu'il lui reste.

Elle s'éloigne et murmure au creux de son oreille des mots doux, elle parle de bain mousse et d'histoire au lit, elle lui dit tout ce qu'elle-même voudrait entendre, cette gentillesse, ce soin, ces projets douillets.

Serge vient de lui parler, et elle n'a pas écouté. Il vient d'entailler le portrait du « grand chirurgien veuf rongé par le chagrin et pris par son travail » qu'il lui avait toujours vendu, et c'est trop tard. Entre Lucie et lui, il n'y a pas de route commune. Il y a une vie partagée. Des moments ensemble, des actes sexuels et un patronyme commun, l'attirail conjugal. Qui ne conjugue plus grand-chose, lorsque l'admiration s'en est allée. L'amour devient cette magnifique voiture sans moteur. Vous n'irez plus nulle part. Londres, Montmartre ou ailleurs, c'est toujours le même lieu, celui où vous êtes ensemble. Et ensemble, vous souffrez, c'est tout. La vie se résume à prendre sur soi, ou pire : faire confiance à l'avenir, et l'avenir est comme Dieu, abstrait et capable de tout. C'est lui qui dira. Il est le dernier oracle avant le désespoir.

Serge frappe à la porte de Théo. Il fait cela souvent, depuis plusieurs mois il se force à rendre visite à son fils, et cela commence toujours pareil : la journée à l'école, les devoirs, les cours de solfège, des questions auxquelles Théo répond avec une politesse attentive. Mais ce soir Serge s'assied sur le lit de son fils et ne dit rien. Il aimerait lui demander l'autorisation de se coucher dans son petit lit, et d'y dormir. Il lui semble que cela serait rassurant, et il est si fatigué. Bien sûr il n'ose pas. C'est déjà assez dur de ne pas prononcer un mot. Théo regarde son père, sa tristesse étonnée, il n'a sûrement plus aucune question à lui poser et cela le gêne un peu, il vient sûrement pour la dernière fois, c'est pas grave, c'était déjà bien, quand même. Théo voudrait le rassurer, il demande :

– Tu as de la peine ?

– Hein ?

– Tu as de la peine ?

C'est la première fois que son fils lui parle ainsi. Comme à un ami, en somme. Serge hésite, c'est si inattendu, mais il lui semble que s'il commence à avouer sa douleur, il ne pourra plus s'arrêter, et de quel droit ferait-il porter cela à un enfant ? Cela qu'il a voulu arrêter, les secrets des adultes sur la conscience des enfants crédules. Il veut se concentrer sur autre chose et il manipule bêtement une figurine de *La Guerre des étoiles*, un Jedi miniature dont l'habit blanc est usé et qui ressemble à une vieille femme.

– C'est Luke Skywalker, mais j'ai perdu son sabre laser.

– Ah.

– Il combat les forces du mal, avec.

– Bien sûr.

Par la fenêtre, Serge voit le jardin, éclairé par les réverbères de la rue. Cet été, Lucie n'y a pas donné de fête. Pour la première fois. Lucie est une femme honnête, à la joie pure, elle n'a pas appris à tricher.

– Quand j'étais petit, dit Serge, puis il s'arrête.

C'est la première fois qu'il dit cela, que les autres ont tant l'habitude de prononcer. Quand j'étais petit. Moi, à ton âge. Imagine un peu qu'à l'époque. Et les péripéties anciennes défilent, comme un film du dimanche soir, c'est bon enfant et ça fait toujours plaisir à revoir, quand on est fatigué. Chloé surgit dans la chambre de son frère, elle hurle en tenant la poignée de la porte, un peu trop haute pour elle :

– On dîne maintenant !

– Mais sors de ma chambre !

– Non tu dois venir, maman l'a dit !

Elle n'est plus fatiguée du tout, elle est fraîche après son bain, elle a oublié la dame après qui papa courait dans la rue, elle a faim et c'est tout. Son petit visage est autoritaire soudain, elle a raison forcément, puisque « maman l'a dit » et Serge la soupçonne d'être heureuse de briser leur tête-à-tête.

– Vas-y, Théo, obéis à ta mère.

Théo sort de la chambre en poussant sa sœur, puis il se retourne vers son père :

– Qu'est-ce que tu faisais ?

– Quand ?

– Ben ! Quand t'étais petit !

Chloé lâche la poignée trop haute, et son air autoritaire, pour écouter ce que son papa faisait quand il était petit, aussi inimaginable que cela paraisse. Serge regarde ses deux enfants. Deux belles personnes. Assoiffées de rêves et de contes.

– Eh bien… quand j'étais petit…

Il regarde le jardin sombre, encore :

– On brûlait Monsieur Hiver. À la fin de l'hiver…

C'est si ridicule, tellement inapproprié, les enfants ont un sourire de compassion déçue et filent manger leur purée jambon.

En sortant de la chambre, Serge marche sur Luke Skywalker sans s'en apercevoir.

Il sort de la maison et va s'asseoir sur les escaliers devant le Sacré-Cœur lavé de ses touristes, à cette heure-là. Les vendeurs d'eau, les fausses mariées asiatiques qui se font photographier accrochées aux statues, les automates vivants qui suent sous le maquillage en plaque, l'accordéoniste qui ne supporte plus de jouer *La Vie en rose*. Ils ont tous raccroché leur déguisement.

Paris est aux pieds de Serge, mille lumières dans la nuit, comme des étoiles au sol. On ne peut embrasser la ville d'un seul regard. On n'en voit que le relief, et l'on devine tout ce qui vit, sous la Seine, sous les toits et derrière chaque porte close. C'est une lutte toujours, des vies qui se cabrent tandis que d'autres se révèlent, des espoirs fous et tant de confiances trahies.

Derrière le Sacré-Cœur, les petites sœurs du Carmel, qui meurent l'une après l'autre et sont à peine remplacées et vont sûrement disparaître. Il n'y aura alors plus aucun espace de silence à Montmartre, plus une seule parcelle de repos.

Et Suzanne, où est-elle à présent ? Elle lui manque. Tout le temps. Il y a ce vide qui fait mal au ventre, cette oppression même quand il ne pense pas à elle. Est occupé à autre chose. S'endort. S'énerve dans les embouteillages. Conclut une vente. Prend sa douche ou parle à son fils. À sa femme. À ses amis. À la terre entière qui n'est pas elle. Le manque surgit comme des bouffées. Sa vie est prise en étau. C'était si bon de pouvoir hurler son nom dans la rue tout à l'heure. Il avait retenu ce cri depuis Noël dernier, le studio de la rue de Rome. Ils s'étaient dit au revoir doucement, dans la pénombre, comme deux voisins. Hurler son nom. Ce ne sera jamais assez fort. Le manque d'elle est si violent que souvent il a envie de se battre. Il se sent méchant, enclin à l'ironie, il est amer et se dégoûte. Quelle patience ont ceux qui vivent avec lui. Car lui ne vit pas avec eux. Lui vit avec un cri muet qui le cloue au sol.

« Où est la note juste ? » Serge entend cette phrase,

prononcée derrière lui. Il sursaute un peu et se retourne. Il se lève, cherchant qui a parlé. Le Sacré-Cœur est posé dans la nuit comme une sculpture de sable, jaune sous l'éclairage artificiel. Et il n'y a personne. Il s'assied de nouveau face à Paris, toute la beauté du monde dans cette ville multiple où surgissent les lumières sur les monuments, les ponts, les chambres, les bateaux. Il semble qu'un géant ou un dieu soit le maître du lieu et allume les quartiers l'un après l'autre, comme on rentre chez soi le soir. « Où est la note juste ? » C'est un chuchotement précis maintenant, contre l'oreille de Serge, une femme qui aurait parlé bas en passant. La tour Montparnasse s'éclaire, Serge pense à l'épée perdue du Jedi, l'invincible lumière. Deux adolescents descendent les larges escaliers en courant, main dans la main, la fille crie qu'elle a peur putain ! Et on voit que cela lui plaît drôlement, la peur que ce garçon lui fait. Serge est envahi d'un sentiment de bonheur affolant, une émotion brute et bouleversante. C'est la deuxième fois qu'une voix lui parle. Il y avait eu La belle et la bête, et il a bien fait d'y obéir et d'affronter son père avant qu'il ait une attaque et qu'on lui fasse parvenir les grandes enveloppes qui contenaient tant de révélations. Maintenant il sait qu'ils n'ont parlé de rien, Hubert et lui, que tout était faussé, mais tout de même. Serge avait osé. Aller rue de Prony et lui faire face. Ignorant tout.

Nulle certitude. Nulle vérité. Nulle part. Mais ce soir la voix est là encore, et peu importe d'où elle vient. De lui. De loin. Des vivants ou des morts. Des saints ou du Diable. Il l'a entendue, et c'est bien l'essentiel. La. Note. Juste.

C'est là qu'elle repose. Dans le calme du petit cimetière étendu derrière les murs de pierre. C'est là que tous ont les paupières closes et les mains jointes, puis s'étiolent et s'effacent. Il y a des pleurs et des fleurs près de leur nom. Les deux dates du début et de la fin, comme un signe indéchiffrable. Que peut-on lire de juste dans ces dates qui ouvrent et ferment la vie, comme la parenthèse la phrase ? Il y a la tombe de Thérèse, et son sourire irréel dans le petit médaillon. « 1929-1961 ». Serge regrette que Thérèse ne soit pas entrée dans le siècle avec lui. Il aimerait que 2000 soit inscrit sur la croix, que sa maman soit aussi sa contemporaine, pourquoi s'est-elle arrêtée en chemin ?

Il pose les minuscules enceintes et l'iPod sur la tombe où le marbre n'a jamais remplacé la pierre. Il a mis des fleurs jaunes, comme la robe de mousseline dans laquelle elle était si belle, même en jouant Liszt pour la dernière fois, et que ses épaules bougeaient trop. Tant de fragilité dans ce tissu contre la peau qui tremble et ce courage à vouloir, coûte que coûte, choisir sa vie. *Rêve d'amour...* Quelle minuscule fillette, pense Serge. Quelle menteuse affolée. Sacrée. Perdue. Ma mère...

Il enclenche l'appareil et la grande sonate joue pour Thérèse, livre l'âme de Liszt, Dieu ou le Diable, le choix irrésolu. Il se souvient que Thérèse lui parlait du musicien, comme d'un conte pour enfants. « Son papa avait tout abandonné, son pays, son métier, pour se consacrer à son petit garçon, il savait qu'il était un génie, tu comprends ? Et le petit Franz était si fragile, oh ! Son papa avait commandé son cercueil, un tout petit cercueil d'enfant, tant il était malade. Mais il est mort très vieux, et il a pu écrire la grande sonate. Tu comprends, Sergio mon amour ? »

Il y a de ces tout petits cercueils, ces tombes d'enfant dans ce cimetière et les dates sur la croix ne parlent pas toujours en années, mais en jours. Et les vies des mères, tout entières contenues dans ce calendrier. Leur temps n'est plus le nôtre. Il est ailleurs, là où les mots n'ont jamais été inventés.

Serge est assis sur la tombe de pierre, un peu de biais, comme sur le lit d'une personne alitée avec qui on bavarde doucement. Il arrange les fleurs, repousse les cailloux, les feuilles mortes, il fait les gestes des endeuillés, et cela lui fait du bien. Liszt joue pour Thérèse, le piano uni au pianiste, ils chantent la révolte mystique, et la vie cogne de nouveau, dans ce lieu de l'absence.

Le ciel est celui de tous les cimetières, doux et hésitant, avec des nuages frêles et des sillons d'avions, avec de brusques éclaircies et un peu de vent, avec le bruit du monde que l'on n'entend pas. Et soudain, dans ce ciel, le thème *sotto voce* qui semble venir de si loin, et résonne, et salue ce ciel sans repères. Ces tombes étroites entre les allées plates. Ces jours de peine et de combat. Liszt dénoue sa sonate, méditative et violente, la livre au ciel vaste, au petit vent, et c'est comme un hommage, le respect de tout ce qui vit. Et quand les dernières notes descendent, lentes et graves, Serge ne sait qui a gagné. Dieu ou le Diable. Mais ici, tout près de Thérèse, la lutte a eu lieu. Et cette lutte lui ressemble.

Serge éteint l'iPod. Se lève pour murmurer quelques mots secrets à celle, il le sait maintenant, qui n'est pas morte *à cause* de lui. Mais par manque de lui. La longue attente dans le lit blanc, dont il ignorait tout. Et les mots qu'il lui dit tout bas, il n'est pas sûr de les comprendre. Il n'est pas facile à soixante ans de parler à une mère si jeune, une femme qu'il a si peu connue, mais à qui il doit de vivre.

C'est un visage de Paris que Serge ne connaît pas. Une autre ville, bancale, empreinte d'une ancienne pauvreté et qui se bâtit avec l'espoir d'une légitimité moderne. La Villette. Il pense aux animaux, bien sûr. Le long cortège des bêtes qu'on menait à l'abattoir, loin du parvis de Notre-Dame ou du grand Châtelet. La fontaine aux Lions où les bœufs venaient boire, avant de suivre le piège à tuerie, dans cette halle qui organise aujourd'hui des salons. Il marche sur ces pavés où autrefois les sabots résonnaient, marche funèbre aux accents champêtres. Il est 7 h 20, le soleil de novembre n'est pas apparu encore, c'est la nuit, sur le boulevard Jean-Jaurès le bruit de la circulation est incessant.

Le concierge fait entrer Serge dans le Conservatoire, avec les premiers accordeurs. Cathédrale moderne, bunker blanc, Serge y suit les autres, en faisant mine de connaître le lieu. Les escaliers, la cafétéria, les salles où les pianos se taisent. Serge demande où Suzanne travaille ce matin, on le regarde, un peu étonné, il désigne vaguement l'enveloppe kraft qu'il tient contre lui. Il a peu de temps. Dans dix minutes sûrement elle sera là, et il ne veut pas être celui qui la dérange, car s'il était cela, il aurait totalement perdu sa place dans ce monde On lui désigne une pièce. Il pousse la porte, allume la lumière, c'est simple et nu, un espace pris par deux pianos à queue ouverts, ici, on n'a besoin que de ça, on ne vient que pour eux, les deux pianos ouverts, vaguement désaccordés, comme un artiste mal réveillé et qui aurait besoin d'un peu d'exercices pour redevenir lui-même.

Les pianos attendent Suzanne, alors Serge les caresse, laisse son empreinte sur la laque noire, et devant les pianos muets, il pense aux bêtes confiantes, idiotes, bientôt à terre. Il sent encore dans le lieu leur douleur surprise, et leurs corps qui s'effondrent en tremblant. Il caresse les courbes des pianos et se demande si les bêtes se vengeront un jour, et si parfois un musicien joue pour elles, ici même, à la place exacte du martyre. Il espère cela. Qu'un homme, effaçant tous les autres, joue pour elles. Qu'on nous pardonne, pense-t-il, qu'on nous pardonne juste une fois.

Et il pose, à l'intérieur d'un piano, la grande enveloppe kraft qui contient son histoire. Celle qu'il vient de découvrir. Il a écrit « Suzanne » dessus, et aucun mot à l'intérieur, car à présent il n'ose rien d'autre que crier ou écrire son nom. Et l'enveloppe attend, à côté des trombones et de la Patafix posés entre les cordes. Cet étrange piano détourné.

Il est bientôt 8 heures, Serge marche le long du canal. La nuit quitte Paris et chacun s'apprête à vivre.

Suzanne entre, avec sa mallette, dans la salle aux pianos muets. Contrariée que la lumière n'ait pas été éteinte, la veille.

Serge marche toujours. Le vent apporte le bruit lancinant de la circulation, sur le périphérique. Au loin, le métro aérien, si beau, et dans lequel il n'est jamais monté.

Suzanne commence par le piano sans Patafix et sans trombones, car celui-ci est un piano préparé sur lequel se joue l'improvisation générative et dans lequel la plupart du temps les mots sont les mêmes : « Merci de laisser le piano comme ça. »

Pourquoi elle ? pense Serge. Pourquoi Suzanne doit-elle savoir ? Devant lui le pont de Crimée s'ouvre en deux, se soulève lentement, une voiture patiente sur le quai tandis qu'un bateau passe. Alors le temps se ralentit, s'accorde étrangement à celui d'avant.

Suzanne soulève le couvercle, met la pique, enlève le pupitre pour avoir accès aux chevilles, le pose contre le mur… son regard est arrêté par l'enveloppe kraft Elle s'approche, laissant dans son dos un piano écorché, à moitié nu.

Le bateau met un temps infini à passer sous le pont de Crimée, sa puissance est dans sa lourdeur, l'espace qu'il lui faut. Serge voit le conducteur de la voiture allumer une cigarette, puis tapoter son volant. Cet homme impatient d'aller nulle part, c'était lui. Hier encore.

Suzanne ouvre l'enveloppe à son nom. Les photos. La lettre du père. Tout cela a été photocopié pour elle. Des salles du Conservatoire parviennent des accords répétés, des tierces, des sixtes, des quartes, des portes qui claquent, des hommes et des femmes qui se parlent, comme tous les jours. Suzanne s'assied sur le tabouret noir.

Le soleil apparaît, mesquin et sans chaleur. L'eau du canal tremble longtemps après que le bateau est passé, et Serge voit son reflet trouble, dans la pâleur de cette eau malmenée. Maintenant, elle lit. Il le pense. Il le sait.

Maintenant, elle va savoir. Il passe devant le cinéma *MK2*. Sur le mur de pierre, des répliques de cinéma. Serge lit : Je t'aime. Et : La bête.

Ce sont des photos en noir et blanc, aux bords dentelés, des photos anciennes qui ressemblent à toutes les photos anciennes : les poses devant la voiture, sur le balcon, les tailleurs des femmes, les cravates des hommes, on pourrait confondre nos proches avec des inconnus, ils se ressemblent, ils viennent de *ces années-là*. Et pourtant. Au dos des photos, c'est la vérité qui s'inscrit. Au dos de la première : « Thérèse et David 1950 ». Le couple marche main dans la main, sur les Champs-Élysées, elle dans une robe à pois, lui, les cheveux coupés en brosse, le pantalon aussi large que le sourire

Serge quitte le quai de Seine, dépasse la rotonde de la Villette qui ressemble tant à celle de son enfance, au parc Monceau. Entrer dans Paris. En sortir. Payer pour cela. Et puis se demander. Où aller ensuite.

Il y a d'autres photos, et « Hubert » remplace « David ». Et un enfant apparaît, nouveau-né en brassière, gamin en culottes bouffantes, petit garçon aux cheveux gominés… Tantôt dans les bras de son père, tantôt dans ceux de Thérèse. Suzanne la voyait autrement, plus mystérieuse peut-être, moins grande et moins figée. Elle s'était imaginé une petite flamme vive et emportée, elle découvre une femme qui se tient. Mais à quoi ? Sur les photos où l'enfant a grandi (et où il est nommé d'une écriture appliquée et ronde « Sergio ») et où Thérèse le tient par la main, elle est toujours un peu plus proche de l'objectif que lui. Comme si elle se retenait de courir.

Serge rentre chez lui à pied, il marche le long du boulevard Rochechouart, ça sent la pisse sous le métro aérien, et la viande cuite, déjà, depuis les fenêtres des immeubles gris aux antennes paraboliques. Ce quartier vaudra cher bientôt, il le sait, la spéculation est en cours, les avis d'expulsion déjà dans les boîtes aux lettres. Est-ce que l'avenue Mandel est très loin ? À vol d'oiseau ?

Suzanne remet les photos dans l'enveloppe. Ainsi, Thérèse aimait David avant qu'Hubert ne l'épouse, et ne lui offre le piano de la rue de Prony. Hubert, dont la longue lettre photocopiée attend d'être lue.

Paris, le 2 février 1971

Serge,

Tu as vingt ans et nous avions rendez-vous ce matin au parc Monceau. J'avais dans la poche intérieure de mon manteau une enveloppe avec les photos de tes parents, Thérèse et David. Je voulais que tu l'ouvres devant moi et que nous parlions. Je t'aurais dit comment j'ai épousé ta mère lorsqu'elle était enceinte de toi, et que je l'ignorais. Elle aimait un autre homme et me l'avait caché. Cet homme, David, était loin alors, jouant du piano aux quatre coins du monde j'imagine, et je préfère penser qu'il ignorait tout de la situation. Non. C'est faux. Je préfère penser qu'il avait fui ta présence et tout ce qu'elle entraînait.

Je suis un homme en colère, je le suis depuis tes six ans, le jour où Thérèse m'a avoué que je n'étais pas ton père, et aussi que David était revenu. Je ne l'ai pas crue, comment croire à cette histoire banale et meurtrière ? Thérèse a demandé des tests sanguins. Qui me donnaient tort. Jusque-là j'avais été un homme comme les autres je crois, un homme qui, maladroitement, avait planifié sa vie. Et un jour je me suis réveillé et j'ai compris : j'avais tout simplement *rêvé* cette vie, elle n'avait rien de réel et je n'avais ni femme, ni fils. Je n'ai pas su sortir du piège. Je n'ai pas su devenir celui qui pardonne et tente de se faire aimer. On voudrait toujours être « le préféré », n'est-ce pas ? Être l'élu de quelqu'un. Mais pourquoi, au juste ? À défaut d'être aimé, je suis devenu celui que l'on n'oublie pas.

Quand je t'ai vu hier, au parc Monceau, tu leur ressemblais tellement. À tes parents. Alors je t'ai donné ce qu'on avait toujours attendu de moi : le fric. J'ai troqué l'enveloppe de ton histoire contre une autre : des billets de cinquante francs, en veux-tu en voilà, et j'ai ramené la vérité à la maison.

Quand tu avais huit ans, je ne sais pas si tu t'en souviens, il y a eu une scène terrible entre ta mère et moi, c'était pendant les vacances de Pâques. Elle voulait t'emmener. Elle avait fait vos valises, David vous attendait pour « reconstituer la famille », disait-elle. Je suis devenu fou. Je le suis resté. Thérèse n'avait pas le droit de te prendre. Qui je suis pour revendiquer cela, hein ?

Ni ton père. Ni ton ami. À peine l'homme qui t'a élevé. Alors pour être sûr qu'elle ne t'enlève pas un jour, je t'ai éloigné de Paris, je t'ai envoyé dans le Jura où je pensais te mettre à l'abri quelque temps. Mais le temps ne voulait plus rien dire, Thérèse est morte de chagrin, une mère ne peut pas vivre sans son petit, mais comment aurais-je pu le savoir ? J'avais toujours pensé qu'elle ne t'aimait pas. Elle aimait David à travers toi, c'est tout.

Il faut que je te dise une chose. Sans doute la seule que j'ai réellement envie de te dire. C'est moi qui ai tué David. J'ai commandité son meurtre. Ça n'était pas si difficile. Il était cardiaque et je connaissais son traitement. J'ai payé très cher un homme qui avait aussi peu de scrupules que moi, mais beaucoup moins de fureur aussi. Il a été d'un sang-froid remarquable. T'aurais-je avoué cela ce matin, au parc Monceau ? M'aurais-tu dénoncé, alors ? Vais-je t'envoyer cette lettre ou vais-je purger ma peine en toute liberté rue de Prony, dans cet appartement où j'ai gardé quelques objets de toi : le petit vélo avec lequel tu jouais dans le couloir, les osselets que ta mère demandait au boucher, les partitions de la *Méthode Rose* sur lesquelles tu apprenais le piano ? Au fond, je m'en fous. Tout est fini. Depuis le début.

Pour l'enterrement de Thérèse, je t'ai fait revenir du Jura. Tu avais grandi, tu étais devenu une sorte d'enfant méfiant et sournois. J'ai décidé que je ne voulais plus jamais te voir à mes côtés. Tu représentais tout ce que j'avais raté, tous mes échecs. Tu les représenteras toujours.

Je ne sais pas si je te reverrai un jour, si tu me donneras de tes nouvelles. Je crois que je ne préférerais pas. Les autres m'agacent et toi aussi tu me rendrais furieux encore, tu en as le pouvoir.

Je voudrais ne t'avoir jamais aimé comme mon fils. Je voudrais ne t'avoir jamais connu.

HUBERT

J'ai donné rendez-vous à Lucie. Dans un bar loin de nos quartiers, à la porte de Vincennes, un endroit où ni elle ni moi ne retournerons jamais et que rien ne pourra nous rappeler. Elle a accepté tout de suite. C'est une femme, elle préfère voir la douleur en face. J'ai jeté l'enveloppe kraft où Serge avait inscrit mon nom et je l'ai remplacée par une chemise cartonnée. Les photos et la lettre s'abîmeront moins. C'est ce que Serge veut peut-être. Que je brise le silence à sa place, que je parle à Lucie comme il m'a parlé.

Le cours de Vincennes est éventré, le bruit des travaux insupportable, et cela va bien avec le ciel de novembre, sa laideur grise qui ne mène nulle part. Nous aurons hâte de fuir cet endroit.

Lucie est là, au fond de la salle. Ses cheveux sont relevés en un chignon lâche, elle appuie son menton sur ses mains, elle est trop racée pour le lieu mais suffisamment triste pour être seule dans un bar minable en plein après-midi. Elle sursaute quand je m'assieds face à elle, tout de suite elle voit la chemise cartonnée. Elle sait que l'important, c'est ça. J'ai hâte d'en finir. Je fais glisser la chemise vers elle. Elle ne la prend pas, elle me regarde comme une énigme. Sans doute elle se demande comment une femme comme moi… par rapport à une femme comme elle… Qu'est-ce que je fais de plus qu'elle ? De mieux ? Où est-ce que ça se loge, l'attirance ? Qu'est-ce que son mari a vu en moi, qu'elle n'arrive pas à percevoir, même en faisant un terrible effort de compréhension, même en essayant de se mettre à la place d'un homme perdu, fatigué, paumé ? Elle n'y arrive pas. Et c'est pire que tout. Ce doit être quelque chose de magique, que je donne seulement à ceux qui m'approchent de très très près, et ne partage pas avec la première venue. Un secret.

– Il y a dans cette chemise tous les secrets de Serge.

– Vos lettres ?

– Nous ne nous sommes jamais écrit.

Je vois comme ça lui fait mal, ces mots « Nous ne nous sommes », cette intimité que nous avons eue dans son dos, le couple que j'ai formé avec son homme.

– Serge a toujours eu peur que vous le quittiez, si vous appreniez sa vie… Je veux dire, sa vie d'avant.

– Franchement ? Vous croyez que je ne connais pas son enfance ? La mort de sa maman, son père accablé de chagrin et les pensionnats ? Vous allez m'apprendre à connaître mon mari ?

– Serge sait depuis très peu de temps qui était son père.

Elle se saisit de la chemise avec une autorité agacée. Elle m'en veut. De tout. Si elle pouvait prendre mon visage dans ses mains et le frapper contre la table, fort, longtemps, elle le ferait. Si elle pouvait me cracher dessus, me tirer les cheveux comme le font les petites filles, cela l'aiderait à aller mieux. Ce serait puéril et salvateur.

– Serge vous aime, je dis, et mes oreilles se bouchent, les mots résonnent assourdis, j'ai l'impression de me refermer.

Mon discours est embrouillé et elle me lance un regard qui le signifie clairement. Je perds pied face à cette jeune femme superbe, sur qui la douleur et la fatigue sont *encore* des ornements, un surcroît de beauté. J'aime son mari, je n'y peux rien, la vie est une succession de contretemps et de malentendus, et on est là, ballottés d'une vérité à l'autre, et tout ce qu'on apprend à faire c'est de la place pour les autres, comme si notre existence était à elle seule un encombrement. Pourquoi est-ce que Lucie mériterait cet homme plus que moi ? Selon quels critères et quelle loi ?

– Je vous remercie, Suzanne. Je vais regarder tout ça et en parler avec Serge, puisque c'est ce qu'il veut. Je fais toujours ce qu'il veut. C'est juste un peu… maladroit, non ? Vous avoir choisie comme intermédiaire. Ça ne lui ressemble pas. Remarquez… Je ne sais plus trop ce qui lui ressemble.

Toi, tu lui ressembles, je pense. Ta beauté blessée, ton quotidien malmené. Mais votre vie va reprendre comme avant. J'espère que tu l'aimeras tel qu'il est, sur ces photos : le jouet d'adultes inconséquents. Je voudrais te dire de prendre soin de lui, mais je n'en ai pas le droit. Je voudrais te dire que c'est un homme immense et magnifique, et qu'une seule nuit avec lui, c'est la beauté du monde. Je voudrais te demander de lui passer un message « faire une commission pour moi » comme disent les gens simples. Je suis une femme simple, je le lis dans tes jolis yeux bleus. Dis-lui que je vais vivre avec lui longtemps, jusqu'à la fin, le dernier souffle. Mais je murmure :

– Au revoir, alors.

Je vois sa déception, son remords aussi, elle s'y est mal prise, elle le sait. Elle sait aussi que si elle veut *savoir des choses*, c'est maintenant qu'il faut les demander, l'occasion ne se représentera pas de sitôt, et je la vois qui évalue, pèse le pour et le contre : doit-elle souffrir et savoir, ou doit-elle ignorer et tenter d'oublier ? Empêcher l'imagination de la ronger lentement. Et souffrir quand même. Elle souffre déjà et j'ai soudain envie de l'aider, alors je sors du bar très vite, et je reçois le bruit infernal des marteaux-piqueurs, les projections de gaz carbonique et la fureur des piétons toujours en retard et sans raison.

Serge est assis devant le piano. Il joue. Une comptine qu'il pensait ne pas connaître. Elle naît de mémoire sous ses doigts et il ne sait pas qui la lui a apprise. Il ne savait pas qu'il savait jouer. Il joue mal. Comme un homme qui réapprendrait à marcher. Il hésite, trébuche, et s'impatiente de recommencer. Il ne connaît pas le piano de Théo. Il en découvre la sonorité, un peu métallique et lointaine. Sûrement il ne fait pas ce qu'il faut, il doit y avoir un moyen de l'apprivoiser, plus de douceur et d'assurance, comment l'instrument pourrait-il obéir à des ordres si maladroits ? Ses mains, qu'il n'aime pas. Qui s'ouvrent pourtant, là, sur le clavier. Il recommence, sans honte. Jouer si mal, à soixante ans, un air de débutant ! Il s'en fiche. Ce son, qui naît sous les doigts. Ce pouvoir que l'on pourrait avoir si vraiment on ne trichait pas, si vraiment la musique habitait tout notre corps avant d'oser se poser sur les touches, un élan empreint de respect, une force retenue, les nuances, les nuances, les nuances. . Quel bonheur d'être attentif à la vie, et tenter de lui rendre ses vraies couleurs. Jamais bien sûr il n'y arrivera, et il se réjouit que cela soit si difficile, inatteignable. Mais pourquoi ne se souvient-il de rien ? Pas un souvenir de leçon de piano, pas même la réminiscence d'un après-midi d'ennui où il aurait fait ses gammes, ou tenté d'éblouir sa mère. Il cesse brusquement de jouer. Referme le clavier. « Salope, va ! » La robe de mousseline jaune. Et Hubert à genoux, suppliant Thérèse de partir le lendemain, d'attendre un peu. La peur qu'elle l'emmène, il devait se la traîner depuis des années, il savait que chaque jour la vie se dérobait sous lui, il connaissait l'issue.

– Pourquoi tu t'arrêtes ?

Serge sursaute, Théo est derrière lui.

– Pourquoi tu joues plus ? Tu veux que je t'apprenne ?

– Non. Tu es gentil. Tu vois, je… je joue très mal, il est trop tard pour apprendre.

– Tu es trop vieux, tu trouves ?

– Oui, je trouve.

Théo se mange les lèvres. Ses yeux sont immenses. Fixés sur son père. Ça n'a servi à rien tous ces efforts, pense Serge, il a toujours peur de moi. Et moi de lui. Rien à faire, c'est plus fort que nous. Il se lève :

– Joue toi, si tu veux.

L'enfant court s'asseoir au piano. Il l'ouvre avec précipitation. Serge sort du salon. Théo referme doucement le couvercle. Il pense à ses vœux. Cela fait longtemps qu'il n'en écrit plus. Il n'a plus aucune idée.

Je ne vais pas pouvoir continuer comme ça, je le sais, pense Serge. Je ne vais pas y arriver, c'est trop long, tous ces jours dans cette maison, à tenter de s'apprivoiser les uns les autres, tenter de se faire le moins de mal possible, et s'en faire pourtant. Je ne sais plus si c'est de l'hypocrisie ou du désespoir. Je ne désire plus ma femme. Je la touche et j'attends que quelque chose surgisse en moi, un appétit quelconque, un éblouissement, mais rien ne surgit, je connais les situations par cœur. Oui, c'est cela mon malheur, *je sais ce qui va se passer.* Au lit avec elle. À table. Avec nos enfants. Nos amis. Cette impression que l'on est tous déjà morts et que nous ne sommes que des photos. On se regarde les uns les autres, figés et bien droits, des sourires parfaits et du maintien. On en crève c'est sûr. On attend quoi les uns des autres ? Est-ce qu'on le sait seulement ? Si on arrêtait tout ? Si on se reposait de cette fatigue terrible qu'il y a à tenter de se supporter, supporter le désamour et la déception ?

Serge se laisse tomber sur le lit, la couette en soie, le plaid en cachemire. Cardiorythmine. Rythmine. Rythmine. Il a laissé David mourir. C'est ça, sa vie. Il a tué son père, il ne vient de nulle part, et il n'a rien engendré. C'est Lucie qui a tout fait, qui a voulu et planifié les naissances des enfants, lui n'y arrive pas, est-ce qu'enfin quelqu'un va admettre ça ? Il n'y arrive tout simplement pas. « Un garçon une fille ! Le choix du roi ! » Le roi est nu. Le roi est minable.

Il ouvre la commode. Chemises bien repassées. Pulls triés par couleur. Cravates. Pochettes en soie. Aucune faute de goût. C'est effrayant. Il décide de ne rien emporter. Partir comme ça. Il lui semble qu'il a eu cet élan mille fois et qu'il est revenu toujours, comme un chien affamé Mais aujourd'hui il est un homme qui sait. Son passé. Son présent. Et son présent, c'est Partir. Fuir immédiatement.

Il sort de chez lui les mains dans les poches, il ne possède rien, pas même le tilleul qu'il salue pour la dernière fois, un ami à qui il croyait tenir mais qui représente déjà ce qui est fini. Il se retourne et fait face à sa maison dans laquelle ses enfants jouent, font leurs devoirs, demandent ce qu'il y a à manger ce soir. Il ne leur mentira plus. Le déguisement du père fidèle et présent, c'est terminé, et il lui semble qu'en quittant la maison de la rue de l'Abreuvoir, il les aime plus que jamais. Il les aime en vérité. Sans ornements conventionnels et sans sacrifice. *Faust* revient, *Faust* n'a jamais cessé de résonner « Avant de quitter ces lieux... » Serge est exalté, il aurait envie de chanter. Il tourne sur lui-même, il danse un peu. « Daigne de tout danger toujours toujours la protéger » ! Adieu la rue de l'Abreuvoir et ses tentatives conjugales, adieu la rue de Prony, adieu ces vrais et faux pères et mères, adieu les crimes des uns et les silences des autres, les années s'effacent et les rancunes pâlissent, on ne sait plus quel était le cœur exact de nos chagrins les plus cruels. Serge tourne sur lui-même et entraîne avec lui le ciel, le toit de sa maison, les branches de son arbre, l'air est neuf, plein des couleurs timides de l'automne. J'ai mis les miens à l'abri, pense Serge, ils sont posés là dans ce luxe protecteur, la campagne à Paris, Paris à leurs pieds, et toute une vie à gravir. Oh… tout ce qu'ils ignorent… Chacun son tour. Je vous cède la place ! Moi j'ai fini de courir. Les stations, les unes après les autres, les étapes de la connaissance, la volonté de tenir, être aveugle et continuer, s'entêter, poursuivre, souffrir. Est-ce qu'une fois, une seule fois, il a dit à Suzanne qu'elle était belle ? Lui a-t-il dit qu'elle était la première femme à s'être laissé aimer sans rien demander en retour ? Lui désignant l'amour comme le seul lieu hors des contingences, du savoir-vivre et du donnant-donnant ? Il a envie de lui poser une seule question, simple et bête : où on va ? Et ils iront.

Il descend en sautillant les trois petites marches de pierre qui mènent à la porte du jardin. Et la porte s'ouvre. Lucie est là. Bouleversée. Les yeux mouillés et le visage défait. Elle tient contre elle une chemise cartonnée. Elle est surprise de le trouver dans le jardin. Lui est foudroyé, comme un assassin pris sur le fait. Elle secoue la tête plusieurs fois avec un air implorant. En quelques secondes Serge calcule que les enfants sont dans la maison, rien n'a pu leur arriver, rien n'est grave, Lucie a parfois de ces crises de sensibilité outrée. Il ne sait pas comment lui demander de le laisser passer, il ne sait pas qui doit s'écarter en premier, elle ou lui.

– Merci, dit Lucie.

Elle le murmure plutôt, elle lâche ce mot comme s'il tombait tout seul, et Serge espère avoir mal entendu. Qu'est-ce que cela cache ? De quoi parle-t-elle ? Mais elle répète, distinctement cette fois, avec un peu de théâtralité :

– Merci.

Serge regarde derrière elle, la porte entrouverte. Il hésite à pousser Lucie et fuir à toutes jambes, il devine la rue, il entend les pas des passants, Lucie balance la jambe, son pied claque violemment la porte, Serge pense « Elle a abîmé les gonds. » Et il trouve cette préoccupation idiote, qu'est-ce que ça peut bien lui faire, puisqu'il part ? Il payera un serrurier et voilà tout. Mais il sent de nouveau son crâne qui se serre et la sueur qui coule dans son dos.

– Tu me fais confiance, alors ?

Elle s'élance vers lui, il chancelle un peu, elle se blottit, la tête contre son épaule. Ça ne ressemble pas à Lucie, cette scène, à quoi joue-t-elle ? Qu'est-ce qu'elle lui veut ? Elle lève un peu le visage et pose un baiser sur ses lèvres. Il ne sent rien. Que son cœur qui s'affole, et la chemise cartonnée, entre leurs deux ventres.

Lucie est partie tôt ce matin, chercher à vélo les croissants et les journaux. Dans la grande maison de ses parents, à La Baule, tous dorment encore, maintenant Serge préfère courir le soir, le matin il se lève aussi fatigué que lorsqu'il s'est couché, et chaque nuit est un combat. Lucie le voit, sans qu'il le sache, les yeux ouverts, les sourcils froncés, on dirait qu'il se tient prêt à sauter du lit, qu'il guette quelque chose. Quand elle prend sa main, il sursaute un peu, toujours étonné qu'elle ne dorme pas. Il lui sourit sans la regarder. Parfois elle met la tête dans son cou et alors il a ce geste de poser sa paume sur ses cheveux, pareil à un homme pudique qui n'ose rien demander. Qui préfère ne pas savoir. Ou qui s'en fout. Qui a tout simplement *oublié* que cela pourrait avoir un quelconque intérêt : ce que pense Lucie, ce qu'elle ressent. Et pourquoi elle non plus, ne dort pas.

Lucie pédale vite sur ce vieux vélo qu'elle a depuis toujours, avec lequel elle a parcouru tant de fois les rues bordées des épaisses maisons riches, et puis les petits chemins de campagne qui lui offraient de l'espace et tellement de rêves. Elle se souvient des garçons qui l'ont aimée, et dont elle savait déjà ne pas être amoureuse, elle avait cela en elle déjà, la haute conscience de l'amour. Elle se voyait comme une héroïne qui attend son heure, et elle ressentait un orgueil enivrant à se savoir élue.

Elle n'a pas changé. Elle est encore persuadée que son destin est exceptionnel, que rien ne la relie à la vie des autres, avec une morale commune et une réalité hésitante. Elle se sait plus que jamais faite pour une vie engagée et dans laquelle elle aurait de la considération pour elle-même. Sa vie conjugale est terminée. C'est une certitude qui fait mal, qui prend le corps d'abord, qui serre comme si un être invisible la tenait fort contre lui, oui c'est cela, il y a quelqu'un à côté d'elle, et il lui arrive de songer que c'est elle-même qui se tient à ses côtés, une sorte de belle pensée, comme si elle était capable d'être elle-même sa propre amie et son seul maître.

Elle ne se dit plus qu'elle a raté sa vie, comme elle l'a pensé quand Serge a aimé Suzanne. Elle ne se dit plus qu'il lui fait enfin confiance, comme lorsqu'elle a découvert les secrets de son enfance dans la chemise cartonnée. Serge a été si stupéfait, sidéré oui, cet après-midi-là dans le jardin, quand elle lui a parlé de la lettre de son père. Il n'avait jamais demandé à Suzanne de lui transmettre la vérité, et s'il est rentré dans la maison avec elle, c'était uniquement pour fuir Suzanne. Il a repris sa place, comme un enfant qui va au coin. Buté et puni. Et depuis, ils vivent ensemble un amour vexé.

C'est fini. La vie avec cet homme blessé. Ce funambule. Cet enfant meurtri.

C'est fini peut-être, la vie avec les hommes. Est-ce que c'est grave, ce renoncement ? Est-ce qu'il y a une douleur à comprendre que notre vie ne dépend que de nous, que nous ne tomberons pas si nous lâchons la main de l'autre, comme ces plantes trop hautes qui s'effondrent sans leur tuteur ? N'est-ce pas cela, le véritable amour de la vie : lui accorder seule, le pouvoir de nous rendre heureux ? Parce que c'est déjà *tellement*, et s'il faut souffrir nous souffrirons, et nous aurons le goût d'y retourner encore, éblouis et malmenés par la beauté et la violence de ce monde.

Lucie a dépassé le kiosque à journaux et la boulangerie. Et puis l'église et la place du marché. Les bistrots, le port. Elle a le vent dans le dos, qui la pousse et soulève ses cheveux, elle entend les mâts des bateaux qui se cognent, les cris brefs des goélands au-dessus de la mer et des champs, elle sait que ses enfants dorment encore, innocents de tout ce qui leur reste à vivre. Ensemble. Dans cette journée toute neuve, qui ne reviendra jamais.

J'ai su que Lucie avait quitté Serge et qu'elle vivait avec ses enfants dans une petite ville près de Vannes, à quelques kilomètres de la mer. Je l'ai su parce qu'elle me l'a écrit. Je ne sais si elle voulait me signifier que j'avais le champ libre, comme on dit, ou pour que je sache tout ce que ma rencontre avec Serge avait détruit. En fait, il ne s'agissait pas vraiment d'une lettre, mais d'une carte qu'elle avait dû envoyer à des dizaines de personnes pour signifier son changement d'adresse. Serge ne m'a jamais donné de nouvelles. J'ai appris par le journal la mort de son père, celui de la rue de Prony, le père terreur, ainsi qu'il le nommait. Mais qui était le plus terrorisé des deux ?

J'ai acheté un piano et j'ai repris des cours. Je joue tous les jours. J'ai toujours voulu être pianiste. Aussi loin que je me souvienne de mes rêves d'enfant, c'est la vie dans laquelle je me projetais. Je suis née dans une famille de pêcheurs du Tréport, et personne n'a compris d'où me venait cette passion. Elle me vient de l'église. L'orgue dans l'église Saint-Jacques que j'écoutais chaque dimanche, et qui m'a ouvert les portes d'un autre monde, inconnu, intangible, mais qui devait bien exister puisque je le ressentais. Pour me rapprocher de ce monde, j'ai appris le métier d'accordeur en apprentissage chez un vieux bonhomme revêche et autoritaire, que j'ai fui pour aller à Alès, dans une école qui n'existe plus aujourd'hui. J'ai traversé la France pour ça, et j'ai travaillé pour me payer ma formation, et mes premières leçons de piano. C'est là que j'ai compris que la vie pouvait devenir *ma* vie, et ressembler à ce que j'aimais. Après l'école d'Alès je suis allée à Paris, j'ai passé le brevet des métiers d'arts et j'ai été embauchée chez Balleron, un magasin de musique qui n'existe plus. Beaucoup de choses n'existent plus. Mes parents au Tréport, l'école d'Alès, le magasin de musique, mon mariage avec Antoine, mon histoire avec Serge.

Le besoin de gagner ma vie m'a éloignée du jeu. J'ai accordé les pianos des autres, comme une aveugle, les yeux fermés avec passion. Mais aujourd'hui je joue enfin. J'ai rejoint ce que j'imaginais enfant, assise sur les bancs de l'église Saint-Jacques quand la musique de Bach se posait sur l'espace immense et sur ma toute petite vie, et souvent je l'écoutais le visage tendu vers le tableau d'Aublet, *Jésus sur le lac de Génézareth,* et un matin une vieille femme m'a soufflé, de sa voix mince : « Et ayant ramené les barques à terre, ils laissèrent tout et le suivirent[1]. » Certains prennent la mer. J'ai pris la musique. Je l'ai suivie.

Je serai toujours une pianiste moyenne, mais si un jour Serge frappe de nouveau à ma porte et me demande pourquoi j'ai un piano chez moi, alors je lui raconterai. Qui je suis.

1. Nouveau Testament, Luc V, 11.

C'est peut-être le vœu d'un enfant. Ou le rêve d'un adulte. Le carrousel de la place des Abbesses dans la nuit de décembre, sa bâche qui lentement se soulève, ses lumières un peu pâles, et les enfants debout dans leurs petits manteaux, leurs bonnets de laine, qui regardent les adultes choisir leur attraction. À combien de tours auront-ils droit ? Combien leur reste-t-il de tickets, en plus de celui qu'ils tiennent dans leur main, trop fort, et qu'ils tendront au contrôleur avec un soulagement furtif ? Combien de temps les enfants vont-ils les attendre, debout dans le froid de la place ?

Ils auront le temps de faire une longue liste de vœux, simples et concrets, qu'ils pourraient garder contre eux, comme des images porte-bonheur, des mots magiques dans la trousse. Des moments ensemble, où personne n'a envie d'être ailleurs. Des choses qu'on raconte et que l'autre écoute en se disant « celui-là alors, il n'est pas comme les autres », avec un peu de surprise mais sans ironie. Des jours sans se parler, mais en pensant la même chose au même moment, et si elle ne faisait pas rire, cette concordance, elle pourrait impressionner un peu, et alors on sentirait qu'il y a d'autres choses. Une multitude d'autres choses que ce que l'on voit. Ce serait une frayeur pleine de promesses.

Mais les parents tournent, et ils ne descendent pas. Ils restent là, assis sur le camion de pompiers, le cheval de bois. Ils n'entendent pas la chanson du manège, l'unique succès d'un chanteur oublié, une valse de Strauss dans le haut-parleur qui chuinte. Ils pensent qu'il y aura eu bien peu de rémissions dans ce parcours d'obstacles et ces journées successives où chaque instant était l'instant du choix. Le beau. Le laid. Le bien. Le mal. Le père. Le fils. Être les deux. Être double. Devenir quelqu'un et oser si peu. Ça a semblé si long. Et c'est déjà fini. À quoi cela aura-t-il servi, qu'ils soient venus au monde ? Cette vie de toréador, agiter son chiffon rouge, exciter la vie mais éviter la douleur, piétiner dans la poussière, pantin déguisé. Maintenant ils voudraient bien la voir en face, la souffrance, et lui dire D'accord, je te prends, je t'accepte, allons-y ! Mais ils ont la tête qui tourne et sûrement mal au cul sur le skaï usé du camion de pompiers, la selle du cheval. Et derrière ces silhouettes emmitouflées, frigorifiées, lequel est leur enfant ? Ils sont vieux. Ils voudraient les appeler. Mais ils ont oublié jusqu'à leurs prénoms. Alors vient la grande peur de ceux qui ne savent pas qui leur viendra en aide.

Mais les enfants savent qu'après la chanson le manège s'arrête, alors leurs parents descendront, et ils leur feront ce petit signe qui ne trompe pas Hou hou ! Viens donc par là ! Et alors, même si les parents ont oublié ce qu'ils s'étaient promis de faire pour ces petits, et comment ils les avaient nommés, ce ne sera pas grave. Pour être à égalité, les enfants oublieront à leur tour, les listes de vœux, et tout ce qu'ils attendaient de leurs parents et qu'ils ont esquivé, raté, bousillé, massacré. Ils oublieront et ils leur prendront la main. On peut penser qu'alors, simplement, ils les conduiront chez eux, quelque part entre l'amnésie et le pardon.

Merci pour leur aide précieuse à Florence Marzloff et Miloud Bouteldja. Merci à Aurélien Astaud-Olmi et Philippe Dodemant.

DU MÊME AUTEUR

Romans

BORD DE MER, Actes Sud, 2001.

NUMÉRO SIX, Actes Sud, 2002.

UN SI BEL AVENIR, Actes Sud, 2004.

LA PLUIE NE CHANGE RIEN AU DÉSIR, Grasset, 2005.

SA PASSION, Grasset, 2007.

LA PROMENADE DES RUSSES, Grasset, 2008.

LE PREMIER AMOUR, Grasset, 2010.

CET ÉTÉ-LÀ, Grasset, 2011.

Nouvelles

PRIVÉE, Éditions de l'Arche, 1998.

LA PETITE FILLE AUX ALLUMETTES, Stock, 2004.

Théâtre

LE PASSAGE, Éditions de l'Arche, 1996.

CHAOS DEBOUT, LES NUITS SANS LUNE, Éditions de l'Arche, 1997.

POINT À LA LIGNE, LA JOUISSANCE DU SCORPION, Éditions de l'Arche, 1997.

LE JARDIN DES APPARENCES, Actes Sud-Papier, 2000.

MATHILDE, Actes Sud-Papier, 2001 et 2003.

JE NOUS AIME BEAUCOUP, Grasset, 2006.

UNE SÉPARATION, Triartis, 2009.

Composition IGS-CP
Impression CPI Bussière en septembre 2012
à Saint-Amand-Montrond (Cher)
Editions Albin Michel
22, rue Huyghens, 75014 Paris
www.albin-michel.fr

ISBN broché : 978-2-226-24297-6
ISBN luxe : 978-2-226-18456-6
N° d'édition : 20211/03. – N° d'impression : 123425/4.
Dépôt légal : août 2012.
Imprimé en France.